CARLO DICKENS

JEROME

Silvio Spaventa Filippi

© 2023 Culturea Editions

Texte et illustration de couverture : © domaine public
Edition : Culturea (Hérault, 34)
Contact : infos@culturea.fr
Retrouvez notre catalogue sur http://culturea.fr
Imprimé en Allemagne par Books on Demand
Design typographique : Derek Murphy
Layout : Reedsy (https://reedsy.com/)

Dépôt légal : janvier 2023
Tous droits réservés pour tous pays

ISBN : 9791041842797

CARLO DICKENS

Il nome di Carlo Dickens non ebbe mai gran voga in Italia. Non se ne saprebbe dire esattamente il perchè. Altri scrittori stranieri, meno importanti, riuscirono a divulgarsi fra noi rapidamente e a godere, inoltre, di una incontrastata popolarità: Carlo Dickens, vivo, fu noto soltanto a quelli che si tenevano in contatto con la cultura europea; morto, soffrì l'infamia di traduzioni raffazzonate o monche, che certo non valsero ad allargargli la cerchia dei suoi già scarsi ammiratori. Mentre in altri paesi, in Francia, in Germania, perfino in Russia, si hanno da tempo traduzioni complete delle sue opere, che si stampano e si ristampano con continuo profitto degli editori, in Italia si ebbe soltanto col nuovo secolo, cioè dopo settantatrè anni dalla prima comparsa dell'originale, una versione dell'opera sua maggiore, Pickwick. Così un autore che dai suoi più fervidi commentatori viene, se non contrapposto, chè lo vieta il genere e il tempo, pareggiato allo Shakespeare, se non altro per la gran moltitudine di figure ideali a cui seppe, come il gran tragico, imprimere la più profonda vitalità artistica, è poco meno che un'ombra vana nella nostra coltura internazionale. Soltanto pochi lo comprendono nella serie dei grandi romanzieri del mondo, e son quelli che hanno qualche conoscenza della sua arte, i quali giudicano che per la vastità della materia da lui trattata con alto magistero — una somma di lavoro che abbraccia più di venti grossi volumi, dove se non tutto è perfetto, molto è meraviglioso — gli si possa attribuire, senza concedergli più di quanto gli spetti, l'epiteto di divino.

Queste brevi note, scritte mentre l'Inghilterra si preparava a commemorare il centenario della sua nascita, hanno lo scopo di avvicinare quelli che non hanno letto nulla del Dickens, e nelle mani dei quali capiteranno, a una sommaria conoscenza della figura dello scrittore, e, meglio, a una notizia ragionata dei suoi scritti, che apriranno, a quanti se ne sentiranno invogliati, una fonte perenne di squisite gioie intellettuali, quali invano si attendono da altri scrittori, che ebbero fra noi la fortuna d'esser celebrati concordemente da tutte le tube col più alto clangore.

*

E cominciamo dall'infanzia, quando i germogli dànno l'indizio della qualità della pianta.

Carlo Dickens nacque a Landport, nell'isola di Portsea, il 7 febbraio 1812. John, suo padre, che era impiegato nell'intendenza della marina inglese, era allora in missione nelle vicinanze. Poco dopo la nascita di Carlo, la famiglia si trasferì provvisoriamente a Bloomsbury, poi a Chatham, che fu ritenuta, per il lungo soggiorno fattovi da lui e i suoi, la vera patria dello scrittore. Di Chatham è fatta frequente menzione nei suoi lavori, a Chatham egli ritornò sempre con memore affetto, e a Gadshill, presso Chatham, chiuse dopo cinquantotto anni la sua gloriosa esistenza.

John Dickens guadagnava uno stipendio sufficiente ai bisogni d'una famiglia modesta; ma d'indole spendereccia, e non frenato dalla moglie, Elisabetta Barrow, che aveva poca energia e non il minimo spirito di previdenza, spandeva senza contare, come un epulone che attingesse ai più vasti forzieri del mondo. La famiglia era numerosa e le difficoltà finanziarie tosto la impacciarono, con la conseguenza della sua decadenza sociale. La rovina non era peranco cominciata al tempo della nascita di Carlo, che visse i suoi primi anni in un piccolo regno di felice agiatezza.

La madre gli apprese a sillabare e a leggere molto presto. «Mi ricordo confusamente — scriveva egli, molti anni dopo, a John Forster, il suo biografo più noto — del tempo che la mamma m'insegnava a leggere; e quando mi capita di rivedere le grosse lettere d'un sillabario, mi sembra di rimaner meravigliato ancora adesso della stranezza della loro forma, e ancora l'S e l'O mi si presentano con la bonaria fisionomia con cui mi si presentavano in quegli anni lontani».

I primi ricordi della sua infanzia ce lo mostrano in piedi su un tavolo o su una sedia nell'atto di recitare delle poesiole comiche, nel centro d'una piccola assemblea familiare che lo applaudiva freneticamente.

Egli era certamente un ragazzetto sveglio e vivace che le mamme delle famiglie amiche si contendevano affettuosamente per coprirlo di baci, con piccole grida di ammirazione; e a lui sorse di buon'ora, con la lode e gli applausi, una certa coscienza precoce della propria importanza e il desiderio di primeggiare e la sete di più lodi ed applausi. Nasceva l'ambizione, e un sentimento più pericoloso che lo fece soffrire molto nell'età matura: l'insofferenza d'ogni critica e d'ogni biasimo, la disposizione a trovar malevola e maligna ogni più lieve contradizione di avversari o di poco fervidi ammiratori.

Piccino ancora, ma già d'intelligenza sviluppata, venne in possesso, arrampicandosi in una soffitta abbandonata, d'un mucchio di vecchi volumi fra i quali erano i capolavori romanzeschi della letteratura inglese, specialmente le opere dello Smollet e del Fielding. Passò su esse incantevoli ore, spesso dimenticando, nell'occupazione deliziosa, la colazione e il desinare. Era come la prima presa di possesso del dominio della sua fantasia, e c'era come una predestinazione in quel caso che gli metteva in mano quegli speciali volumi del genere letterario che egli doveva poi sgrossare, rifinire, portare alla maggiore lucidità e perfezione. Era il fortunato incontro, ai primi passi, coi maestri che egli avrebbe prediletti.

Al ragazzo, nel quale già s'affacciavano sogni ben definiti e al quale l'intelligenza precoce schiudeva un vasto orizzonte di speranze, tardava di andare a scuola, di cominciare a vivere e di fare, nella più vasta arena d'un collegio, quello che era riuscito a ottenere nel ristretto cerchio familiare: riscuotere lodi, attrarre gli sguardi di tutti, occupar di sè gli altri; ma nel momento che, fremente d'impazienza, s'apprestava a spiccare il volo dal nido, la fragile costruzione si scosse, s'abbattè ed egli coi suoi precipitò sul lastrico.

Il disastro finanziario avvenne a Londra, dove la famiglia s'era da qualche tempo trasferita; e i caratteri dei suoi in quel frangente si precisarono, si mostrarono senza veli, come accade sempre nelle avversità: il padre si lasciò andare alla deriva, senza pure un indizio di resistenza alla corrente che lo trascinava; la madre si ridusse a vivere dei piccoli espedienti delle donne senza energia. Neanche mediocremente sensibile ai bisogni intellettuali del figliuolo, lo cacciò un giorno sulla strada a distribuir manifestini d'una pensione ch'essa aveva in animo di aprire, per dare una base all'azienda domestica che non ne aveva più; ma «nessuno — scrisse il Dickens nelle prime righe d'una autobiografia rimasta alle prime pagine — nessuno vi venne mai, nessuno si propose mai di venirvi, nessun preparativo vi fu fatto mai per ricevere nessuno». In compenso la signora madre riceveva scene continue dal fornaio, dal macellaio e da altri fornitori che, dopo aver fatto risonare di grida minacciose le scale, si ripresentavano il giorno dopo a ripeterle in pura perdita, con gran gioia o fastidio o scandalo dei coinquilini, a seconda della loro particolare disposizione sentimentale verso la famiglia Dickens, che una brutta mattina si trovò priva del suo capo John, il quale fu improvvisamente arrestato e condotto alla Marshalsea, la prigione dei debitori insolvibili, che doveva ispirare in appresso al romanziere molte comiche e tristi pagine nel Pickwick, nel David Copperfield e nella Little Dorrit.

In quella triste circostanza un cugino materno offrì a Carlo il mezzo di guadagnare pochi scellini la settimana, facendolo lavorare in una sua fabbrica di grasso lucido. L'offerta fu accettata dalla signora Dickens come una benedizione, e il lunedì seguente il ragazzo si avviò di buon mattino alla fabbrica per cominciare la sua carriera d'operaio.

Non si possono leggere senza commozione le pagine lasciateci dal Dickens intorno a quel cupo periodo della sua infanzia, triste di lagrime represse e di angosce soffocate. Lo scrittore più ottimista dell'Inghilterra, secondo il giudizio di parecchie generazioni, e se non il più ottimista, certo lo scrittore che doveva soffermarsi con più compiacenza sugli aspetti rosei dell'umanità, entrava nella vita in un abbandono che a volte, per la squisita sensibilità del suo spirito, la quale lo traeva ad esagerare il danno e il male, ebbe le sembianze della più nera disperazione.

La fabbrica era messa in una vecchia casa lesionata sulla sponda del Tamigi. Il piccolo Carlo fu condotto in una specie di sotterraneo, dove erano altri tre o quattro ragazzi a lavorare, in apprensione continua dei grossi topi che infestavano in numerose bande l'edificio. Egli doveva coprire i barattoli del grasso con una carta oliata, poi farvi girare uno spago e incrociarlo sull'imboccatura, poi avvolgerli in un foglio grande, e infine appiccicarvi un'etichetta a stampa con le lodi e le onorificenze della miscela. Il primo giorno, un ragazzo più grande, certo Bob Fagin, del cui nome il Dickens si servì nell'Oliver Twist, fu incaricato di iniziarlo nei segreti del mestiere. «Nulla — scrisse il Dickens — potrebbe esprimere l'agonia segreta della mia anima quando mi vidi piombato in un simile luogo. Paragonando quei nuovi compagni agli amici della mia prima infanzia, sentii morire in me la speranza che avevo vagheggiato di diventare un giorno un uomo istruito e onorato. Ho conservato così profondamente nel cuore il ricordo del mio abbandono e della mia impotenza, la mia natura intera fu così penetrata dalle ingiuste umiliazioni di cui fui vittima in quel tempo, che anche ora quell'infame spettro della mia ignominia mi fa rabbrividire. Dimentico che son celebre, felice, adulato; che ho una cara moglie, dei cari bambini... dimentico... e in un triste sogno risalgo desolato verso i primi giorni della mia vita».

E si mise a lavorare svogliatamente, tristemente, come sotto il peso d'una condanna. Sulla sua natura, squisitamente sensibile e di tempra così delicatamente intellettuale, l'inonorato mestiere, i compagni tutti della classe più bassa, i loro discorsi sciocchi o triviali, dovevano far l'effetto d'un'assoluta umiliazione. L'onta per lui fu così viva, che egli non ne parlò mai a nessuno, neanche in seguito. Soltanto una volta ne fece qualche accenno al suo amico Forster, che gli aveva narrato d'aver incontrato un operaio che si vantava d'averlo avuto, molti anni prima, intimo conoscente e amico. Il Dickens rispose che era vero, e disse della fabbrica e delle sofferenze da lui patite con tal senso d'angoscia, come d'una vergogna rinnovata, che il Forster si guardò bene, ad evitargli ogni triste ricordo, dal toccargli mai più quel tasto doloroso.

La madre, i fratelli e le sorelle continuavano ad abitare nella casa donde era stato tratto in prigione il padre; era per Carlo un lungo tragitto, e, non potendovi tornare durante il giorno, si portava la colazione alla fabbrica, o se la comprava nelle botteghe del vicinato. La colazione consisteva in un pane di due soldi e in un pezzo di formaggio; ed egli la inaffiava, quando il borsellino glielo permetteva, con un bicchiere di birra tracannato in fretta in una miserabile taverna. Qualche volta spendeva tutto quanto guadagnava nei dolci che lo tentavano dalle mostre delle pasticcerie; e poi si doveva contentare di pane solo e non mangiare affatto per il resto della settimana. Era così piccolo, così privo d'esperienza, così solo e in balìa di se stesso nella grande metropoli, e con lo stomaco così disposto a cedere ad ogni tentazione, che nessuno avrebbe potuto fargli una colpa di quella sua ghiottoneria. Una volta volle darsi l'aria d'un signore ed entrò con la massima disinvoltura in una birreria elegante. Andò direttamente al banco, donde il padrone lo guardava incuriosito: « — Quanto costa un bicchiere della birra più buona che ci sia? Ne voglio una tazza grande, ma con molta schiuma». Il padrone sorrise e chiamò la moglie per farle ammirare quell'omettino che chiedeva la birra con la schiuma: la donna guardò amabilmente divertita il piccino e chiamò la figlia; tutti gli si misero intorno per vederlo bere la birra; e la moglie del birraio gli diede «un bacio misto d'ammirazione e di pietà, ma così buono e femminile!».

La signora Dickens non trovò chi le facesse più credito, e non potendo più dar da mangiare ai figli, fu costretta ad andare con essi a dividere la prigione del marito. La chiave di casa fu rimandata al padrone che fu felice di rivederla, e il piccolo Carlo fu messo con una vecchietta che per qualche scellino alla settimana gli forniva un misero giaciglio, un catino incrinato e un tavolo con tre gambe. C'erano con lui nello stesso alloggio altri ragazzi più disgraziati di lui, coi quali s'intratteneva la sera, mangiando la misera cena che consisteva, come la colazione, in un pezzo di pane e di formaggio. E la domenica, con la sorella Fanny, che frequentava l'Accademia musicale, andava a passarla nella prigione coi suoi, dove il piacere di stare con persone alle quali voleva bene, gli era amareggiato dal senso di vergogna che gli veniva dal tristissimo luogo. Anche con quelli che più frequentava, i compagni della fabbrica, taceva della condizione della famiglia e della residenza alla quale era condannata, e una volta che si sentì male, e che Bob Fagin s'ostinò a volerlo ricondurre dalla fabbrica a casa, per tema che per via gli occorresse di peggio, egli, che avrebbe sofferto mille morti prima di rivelare che suo padre era in prigione, dopo essersi aggirato per una rete di vicoli e di vicoletti, sperando di stancare la pazienza dell'amico, che si sarebbe risoluto finalmente a lasciarlo solo, non trovò altro partito per liberarsene, che improvvisare una residenza fantastica nel primo palazzo che gli capitò sott'occhio: e vi si diresse precipitosamente e picchiò furiosamente al portone, e, aspettando che s'aprisse, il Dickens ebbe il tempo di ringraziare l'amico, che finalmente si decise ad andarsene, e poi di svignarsela per conto suo.

Com'è chiaro, in questo periodo, il sentimento più vivo in Dickens è l'onta della propria condizione. Il contrasto tra l'esistenza che era costretto a menare e le altezze a cui lo traeva inconsciamente il suo spirito dava più amaro sapore alla sofferenza. La pena maggiore da lui patita fu nell'istante che vide la sorella Fanny insignita di un premio dell'Accademia reale di musica: «Io non potevo sopportare il pensiero d'essere al di fuori di quegli onori e di quella emulazione. Gli occhi mi s'inondarono di lagrime, e mi sembrò che il cuore mi s'infrangesse. Quella sera, coricandomi, domandai al Signore di voler mettere un termine all'abbandono, all'abbiezione nella quale vivevo. Non avevo ancora sofferto fino a quel punto; e pure non era per invidia». Certo, non era per invidia: era per l'atroce soffocazione dell'ingegno, che cercava, smaniando, l'aria; era per tutta la gloria che il mondo aveva in serbo per lui, e della quale era barbaramente e, senza rimedio, spogliato. Tutto ciò che si riferisce a quel tempo di miseria e di tristizia, a quei momenti d'aspirazione soffocata, lo accompagnerà per tutta la vita con un senso d'indicibile angoscia: la piaga aperta nella sostanza più viva del cuore gli sanguinerà sempre. Chi lo aiuta? Nessuno! Chi gli dice una parola dolce? Nessuno! Londra è un deserto orrendo, e la solitudine fra l'umanità indifferente intorno è più angosciosa di quella di un mare di sabbie. Nel colmo della gloria, egli rivivrà la pena ineffabile di quei momenti. Un viso, un oggetto, la linea d'una via, la visione di una porta farà risalire dal fondo dell'anima la sofferenza sepolta.

«Mi ricorderò sempre d'un caffè dov'io era solito andare. Al di sopra della porta d'ingresso, su una grande lastra di vetro opaco, spiccava questa iscrizione: «Coffee». Ora ancora, se pranzo in un ristorante e veggo dal mio posto, sulla vetrata, queste due parole rovesciate: «mooReeffoC», un brivido mi passa per le vene».

Finalmente, quando ogni speranza sembrava perduta, al padre toccò un'eredità inaspettata da un parente lontano. Era una fortuna quasi sufficiente ai bisogni della famiglia, e questa lasciò immediatamente la prigione e appigionò una casetta, per stabilirvisi felice: ma dimenticò il piccolo Carlo, che continuava a incollare tristemente etichette sui vasi di grasso lucido. La liberazione venne al ragazzo da un litigio scoppiato tra il cugino, proprietario della fabbrica, e il padre. Il cugino sfogò sul ragazzo l'ira contenuta contro il padre, e per fargli dispetto glielo rinviò la sera a casa con un biglietto di congedo. Carlo se ne andò piangendo, non sospettando che in quel momento si apriva la gabbia ai suoi desiderî alati. John Dickens, che, nei momenti prosperi non si piegava a patti e condizioni, asciugò le lagrime del figlio e disse delle parole sprezzanti per il cugino. La moglie si mise di mezzo e ristabilì la pace fra i parenti; ma il marito non volle più saperne di mandare alla fabbrica Carlo. «Andrà a scuola», disse. Alla parola «scuola» il ragazzo sentì d'esser tratto a salvamento da un naufragio. Ma gli rimase un rancore: «Nonostante il mio affetto filiale, io non posso dimenticare che mia madre voleva rigettarmi nell'ignominia donde la provvidenza mi aveva tratto».

*

A quel tempo la istruzione di Carlo era poco più che elementare; e il poco lo aveva raccolto da sè, con la sua intelligenza naturale e con l'esercizio quotidiano dell'osservazione, che fin d'allora era in lui viva e mobilissima. Nella scuola dove entrò, intitolata pomposamente Wellington House Academy, si faceva tutto, fuorchè lezione. Il maestro direttore sapeva rigare mirabilmente i quaderni, con un parallelismo da disgradarne una macchina: il vicemaestro vicedirettore professava, con piena e assoluta ignoranza, ogni ramo dello scibile universo; e gli scolari, tra il perfetto meccanismo del direttore, e la quadrata incoscienza del vicedirettore, si davano a una numerosa varietà di esercizi che non avevano da far nulla coi fini dell'istruzione che i loro genitori ingenuamente s'erano proposti. Ordinariamente, con quella libertà che è una indiscutibile gloria delle scuole inglesi, passavano il tempo ad addomesticare bestiole acchiappate nelle loro passeggiate in campagna, uccelli, tartarughe, ricci e conigli, e a guardare una compagnia di topi bianchi che, ammaestrati pazientemente dal Dickens, compivano meraviglie. I topi saltavano gli ostacoli, salivano per delle scalette, ne discendevano, eseguivano volteggi, soli o a coppie, si schieravano in riga, presentando i fucili di canna, deliziavano, con esercizi più difficili, quella frotta di scavezzacolli. Il domatore dei topi alternava quello spasso con un'applicazione più utile, con lo scrivere, cioè, delle novellette che dava a leggere ai compagni contro un compenso di matite, di palline di vetro, o d'altro genere pecuniario in loro facoltà e possibilità, o con l'allestire e rappresentare delle commediole buffe su un teatrino di cartone, cominciando così a mettere in moto, nelle prime ingenue prove, le sue facoltà fantastiche, che da quell'ora si misero a fervere senza più posa. I suoi gusti predominanti furono per il romanzo e il teatro; fortunatamente ebbe il sopravvento il primo; ma del secondo vi sono irrefutabili tracce nelle scene comiche o patetiche di tutti i suoi lavori, che hanno quella scioltezza e quella misura che le fan sembrare quadri prospettici della realtà. Nel vicinato c'era un circolo di dilettanti filodrammatici che davano spesso rappresentazioni teatrali, e il Dickens li frequentò assiduamente, e fu iscritto fra i soci, e recitò con essi nei drammi e nelle commedie che si rappresentavano. A volte riportò dei trionfi clamorosi. La sua immaginazione sapeva trasformarlo così, che egli poteva essere scambiato per un attore dei più abili. Più tardi, in parecchie serie di letture, date a più riprese in Inghilterra e in America, diede prova delle sue eccellenti qualità drammatiche facendo stipare letteralmente ogni sala dove si presentava ed eccitando al riso e al pianto, a suo grado, gli uditori. Come ricordò suo figlio, in una solenne adunanza dell'Associazione Dickensiana londinese, soltanto la disgrazia di un grosso raffreddore che lo costrinse per parecchi giorni a letto, gl'impedì di seguire la carriera teatrale. Il Dickens era in uno dei suoi giorni più tristi, e non aveva trovato altra via di salvezza che nel firmare un contratto con l'impresario del Covent Garden per entrarvi come attore; ma, assalito dalla febbre, non potè tenere il patto per quella sera, e il contratto andò a monte. La scena inglese ebbe un brillante attore di meno; la letteratura del mondo un grande scrittore di più.

Che cosa dovè il Dickens alla Wellington House Academy? Come istruzione, nulla, o quasi nulla; come formazione dello spirito e sviluppo dei germi artistici, tutto o quasi tutto. All'anima abbattuta e mortificata bastò un po' d'agio per rialzarsi e ricrearsi. Bastò un po' di sole e di giocondità e di adolescenza spensierata a ridarle la sua elasticità naturale e la tempra della sua primitiva spontaneità. Fu per lui tempo di raccoglimento, e d'immagazzinamento d'energia intellettuale. A poca distanza dagli anni della Wellington House Academy, egli doveva dare prove della più inflessibile tenacia, e parer corazzato di metallo. La signora Carlyle, che aveva il giudizio fine e spesso la frase che occorreva, disse del Dickens un giorno, come lo vide attraversare col volto luminoso e ardente, una folla d'invitati: «Ha la persona d'acciaio!». E ciò ch'egli non aveva fatto a scuola, fece da solo, appena la vita lo prese con le sue irreducibili necessità e lo costrinse a un impieguccio di scrivanello presso l'avvocato Blackmore. Il giorno trascriveva documenti, contratti, processi, la sera era al British Museum a leggere e a imparare stenografia, con una volontà così esclusiva che gli impiegati dovevano andare a scuoterlo all'ora di chiusura. Del suo passaggio presso gli studi legali ci rimangono numerose testimonianze in quasi tutti i suoi romanzi, che riboccano di tipi del mondo giudiziario osservati certamente dal vivo. Fu allora senza dubbio che incontrò Loroten, Swiveller, Chuckster e Wobber, Dodson e Fogg e Parker, e tutta l'onesta squadra d'impiegati e di legulei di cui s'allegra il Pickwick: fu allora che gli apparvero le prime linee del Bleak House e di quanti episodi giudiziari tristi e lieti la sua penna infaticabile seppe riprodurre. Il signor Blackmore, che aveva conservato buona memoria del suo antico impiegato, interrogato un giorno da un critico su alcuni personaggi dei romanzi dickensiani, rispose: «Alcuni dei suoi eroi, o io m'inganno molto, ho avuto il piacere di incontrarli personalmente». E aggiunse di averli conosciuti meglio e a pieno nella loro nuova veste letteraria.

Tra le qualità preminenti del Dickens fu una memoria prodigiosa che conservava tutto con la maggiore fedeltà: visioni di persone e luoghi coi loro più minuti lineamenti e i più tenui particolari, e non da un lato solo, ma da tutti i lati, in un complesso di sorprendente mobilità. Il suo vagabondaggio per Londra nei primi anni infantili gli accumulò una miniera d'osservazioni precise e preziose, e gli diede una conoscenza così esatta della immensa metropoli che i londinesi, alle prime prove del giovane scrittore, rimasero meravigliati dalla evidenza di descrizioni che non trascuravano un solo punto dello sfondo, per minimo che fosse. E al primo suo contatto consapevole con gli uomini nella caleidoscopica varietà del mondo degli affari colse con tanta acutezza la relazione esteriore e l'intimo nucleo del carattere, che ogni volta che creò un personaggio riuscì a ritrarlo con un'evidenza plastica, con quel di più che mancava alla natura: il segno della bellezza artistica. Tutto ebbe un valore per lui nella rappresentazione dei personaggi: un cenno degli occhi, un sorriso, una scriminatura, un particolar modo di pronunzia, un particolar modo di portare una veste, e non per la smania di dir tutto, come certi descrittori fanno, ma per la suprema necessità di non trascurare un solo tratto individuale che desse rilievo alla figura e la mettesse nella luce più conveniente. E così fu per le cose, che per lui non sono mai natura morta, ma simboli animati della vita meno apparente, tratta a lucide significazioni, rappresentata con atteggiamenti quasi umani, con una libertà, una varietà, una ricchezza che testimoniano d'una fervidissima facoltà poetica. Di lui non si può citare una sola descrizione, in tutta la gran mole della sua opera, che sia una superflua amplificazione del quadro o una oziosa esercitazione rettorica o una semplice mostra di virtuosismo tecnico; non un particolare d'una descrizione che non abbia un suo definito perchè; non un tratto solo d'un particolare che non dia un senso più sottile della cosa osservata. Di modo che l'oggetto più umile, che in apparenza sarebbe parso trascurabile, e sarebbe stato trascurato dai più, c'interessa come un personaggio; e nulla mai che non aggiunga una nota o una gradazione di nota all'armonia della vasta orchestra sospesa al suo cenno.

Ma il Dickens per esser lui dovè ancora attendere e cercare. Dallo studio d'un legale, triste e uggioso come tutti gli studi dei legali, saltò in una redazione di giornale, vivo ricettacolo di energie in continuo fervore. Non con l'incarico di dettar la politica ai gabinetti o d'insegnare ai poeti il miglior modo di cantare a beneficio della pubblica sentimentalità, ma col modesto ufficio di assistere ai processi e di farne dei piccoli riassunti quotidiani. Egli vide la scala che conduceva in alto, e misurò le sue forze, e s'allegrò della persuasione che l'avrebbe percorsa tutta. Dopo poco, e a soli diciott'anni, gli toccava una parte delicatissima del giornale: quella del resoconto parlamentare, che di solito si affida ai più provetti giornalisti. Intanto aveva imparato a fondo la stenografia, che allora era più complicata di adesso, e s'era impadronito di tutti i metodi, paragonandoli fra loro, sforzandosi di comprendere i vantaggi di ciascuno, riuscendo il più abile degli stenografi del suo tempo, tanto da rimanere citato ad esempio negli annali di quella scienza. «Per arrivare a una conoscenza intera e perfetta dei misteri della stenografia — egli scrisse — bisogna lavorar tanto come per imparare sei lingue vive!» Più tardi, quando era già universalmente rispettato e celebre, parlò in un banchetto di giornalisti della sua carriera di reporter stenografo. «Dovetti lavorare — egli narrò — in condizioni delle quali la maggior parte dei miei confratelli in Inghilterra non possono formarsi un'idea esatta. Dovetti spesso trascrivere per lo stampatore, dalle mie note stenografiche, importanti discorsi politici per i quali un errore avrebbe avuto risultati funesti per un giovane principiante. Scrivevo sulla palma della mano alla luce fioca d'una lanterna; scrivevo nell'interno d'una diligenza, trascinata da quattro cavalli galoppanti nel cuore della notte in una campagna selvaggia. Nella mia ultima visita a Exseter, ho, nel cortile del castello, mostrato ad un amico il punto esatto dove «presi» il discorso di lord Russel che lo pronunziò nonostante una viva battaglia di tutti i vagabondi della contea e sotto una pioggia tale che due buoni colleghi — per fortuna non avevan nulla da fare — pensarono di tener spiegato un fazzoletto sulle mie cartelle, alla foggia di un baldacchino in una processione. Mi logorai le ginocchia a furia di scriverci sopra quand'ero seduto nella fila degli ultimi banchi nella vecchia galleria dell'antica Camera dei Comuni. Mi logorai i piedi a furia di star ritto nella Camera dei Pari, ove ci stringevamo ammucchiati come pecore. Ritornando a Londra dalle riunioni politiche di provincia, credetti a volte d'esser stato gettato fuor di tutti i veicoli noti e usati nel nostro paese. Mi trovavo errante per scorciatoie fangose a quaranta e cinquanta miglia da Londra, in vetture che non avevano più ruote, tirate da cavalli stanchi e guidate da postiglioni ubbriachi. Ma arrivavo sempre a tempo perchè il discorso potesse essere pubblicato all'ora stabilita».

Ecco quale fu la sua vita di giornalista, e quale fu d'allora la sua vita di scrittore: d'una vertiginosa attività! Egli non avrà più che l'ansia del lavoro, aizzato da un pungolo tenuto perpetuamente in moto; non cederà più alla tentazione di un'ora di riposo, senza sentirsi preso dal rimorso di quella sua momentanea inerzia e dalla smania di ripigliar la penna e annerire della sua minuta scrittura mucchi e mucchi di cartelle candide. La lettura, con la quale i deboli mascherano la loro improduttività e smorzano ogni brama di creazione, par che non esista più per lui. Egli ha nella mente un mondo, e deve esprimerlo intero, senza lasciarne una scoria, con un assiduo sforzo, incalzato dal precipitar dell'ora. E si consacrerà, con ogni possa del cervello, tutto al suo compito gigantesco: rappresentare, con un simbolismo ispirato, in una complessa armonia di colori e di sentimenti, le molteplici, magnifiche virtù della democrazia.

*

I primi passi di Carlo Dickens come autore furono timidissimi, quasi furtivi. Benchè avesse dato, come cronista giudiziario e come cronista parlamentare, prove non dubbie di qualità eccezionali, benchè la sua collaborazione fosse richiesta da più parti e compensata con larghezza, egli, che pure a tratti credeva con robusta fede al suo genio, cedeva a eccessi di vero smarrimento intellettuale. Come un ragazzo vergognoso della sua malattia letteraria, un giorno andò a impostare, e si guardò intorno per non farsi scorgere, diretta al Monthly Magazine, una novelletta che gli era riuscito di scombiccherare tra un riposo e l'altro dalle sedute parlamentari. Aspettò con ansia l'uscita della rivista, contò i giorni, ne aperse con batticuore le pagine il dì della pubblicazione, ed ebbe un tuffo al petto nel veder stampato il suo lavoro. Lo rilesse due o tre volte, come a sincerarsi della realtà dei suoi sensi, e da quel momento gli parve d'esser cresciuto di tanti cubiti su quelli che incontrava per via, e che le strade di Londra, che una volta gli mettevano un senso di rispetto e di soggezione, fossero un po' anguste per una persona della sua importanza già carica di così verdi allori letterari.

La pubblicazione della novelletta non rese un centesimo all'autore; ma che montava? La soddisfazione di vedersela stampata fu per il Dickens tale e tanta, che ne diede altre otto alla stessa rivista, senza chiederle compenso di sorta. E non cessò di mandargliene, che quando trovò l'Evening Chronicle, che gli propose di pagargliele sette ghinee l'una, cioè la somma abbastanza rispettabile di centottantadue franchi. Erano firmate Boz, e il pubblico curioso, preso da quello stile agile, pieno di piacevolezze e di penetrazione delicata, si domandava chi fosse mai quel Boz misterioso. L'editore Matrone raccolse quei lavori in due volumi sotto il titolo Sketches by Boz; e confermarono il buon successo col quale erano stati accolti nella loro forma primitiva. Alla distanza di un anno solo, i diritti sui due volumi furono riscattati dallo stesso autore in società con gli editori Chapman ed Hall per cinquantacinquemila franchi.

Era il passo decisivo verso la fortuna e la gloria, perchè, sebbene nell'opera apparissero molti indizi d'inesperienza, il pubblico vi aveva visto spuntare uno spirito nuovo con l'impronta d'una grande originalità. Neanche l'autore, e non solo per debito di modestia, le attribuiva molta importanza. Quando la ristampò, la fece precedere da queste parole: «tutti questi schizzi furono da me scritti e pubblicati a uno a uno in età giovanissima. Furono da me raccolti e pubblicati in età ancora giovanissima, e mandati per il mondo con tutte le loro imperfezioni — molte — sui loro capi. Comprendono i miei primi tentativi come autore, per non tener conto di certe tragedie composte nella matura età di otto o dieci anni, e rappresentate tra grandi applausi di bambini e di amici. Io sono perfettamente consapevole della loro estrema precipitazione e sconsideratezza e dei loro evidenti segni di fretta e d'imperizia, specialmente in quella parte che va sotto il titolo generale di Racconti. Ma siccome questa collezione non è stata fatta ora, e fu accolta con molta indulgenza e molto favore la prima volta, non mi sono sentito in diritto di rimodellarla e di rivederla, salvo qua e là in poche frasi e parole». Ma l'efficacia d'un libro spesso non dipende dalla forma o dalla forza d'espressione raggiunta, ma dal suo valore potenziale. Il lettore, non di rado, comprende lo sforzo e completa l'intenzione, e corona colui che lo aiuta a estrarre con accenni di motivi e di frasi un'armonia che aveva già in sè. Fu il caso degli Sketches by Boz, nati da un taccuino di appunti su persone e luoghi — i luoghi talvolta avevano, secondo il Dickens, più senso delle persone — e stesi a studiare la prima volta il popolo con quella simpatia calda e avvolgente, che sa farne risaltare i meriti, esaltarne le virtù, metterne in azione l'umile e schietta poesia. Un gran vigore di rappresentazione non c'era, ma era forte l'intenzione di guardar con amore fra il popolo minuto e la più modesta borghesia, un ambiente di possibilità quasi fantastiche non ancora esplorato, la prima sorgente di energia della nazione britannica.

Carlo Dickens allora non aveva ancora ventiquattro anni, e si ammogliò con la signorina Kathe Hogarth, e se la prese quasi a caso fra le quattro o cinque figliuole nubili d'un suo collega in giornalismo. Quasi a caso, perchè il giovane scrittore era innamorato un po' di tutte, e non seppe mai bene perchè avesse sposato la Kathe e non un'altra delle cognate. Nei primi anni di vita matrimoniale, la morte d'una di esse lo immerse in un dolore profondo, che stentò a trovare consolazione; gli ultimi e quelli precedenti la sua fine furono assistiti da un'altra, Giorgina Hogarth, che ebbe per lui sollecitudini di sorella e di madre, e una tenerezza che trovava nello scrittore la più perfetta corrispondenza.

Della Kathe abbiamo forse un ritratto nella Dora del Davide Copperfield, il romanzo quasi autobiografico del Dickens, la bimbamoglie come David usava chiamar Dora, e come il Dickens, nei primi anni di trasporto amoroso, forse usava chiamare la Kathe. Nell'originale inglese la presentazione è deliziosa: «Talvolta la sera, quand'ero in casa e lavoravo — giacchè scrivevo molto allora, e cominciavo ad avere una certa nomea di scrittore — deponevo la penna e osservavo la fanciulla che era mia moglie nell'atto che si provava ad esser seria. Prima, pigliava il gigantesco libro dei conti e lo deponeva sul tavolino con un profondo sospiro; poi l'apriva al punto che Jip aveva reso illeggibile la sera innanzi, e chiamava il cagnolino per mostrargli i suoi misfatti. Ne risultava una distrazione in favore di Jip, al quale con l'inchiostro insudiciava talvolta il naso, per penitenza. Poi comandava a Jip di coricarsi sul tavolo, immediatamente, «come un leone». Sdraiarsi come un leone era una delle virtù del cagnolino, benchè io non possa affermare che la rassomiglianza fosse sorprendente; e se esso era d'umore ubbidiente, ubbidiva. Poi ella riprendeva la penna e si metteva a scrivere, ma trovava subito che nella punta s'era inserito un peluzzo. Allora prendeva un'altra penna e si rimetteva a scrivere, ma trovava che essa faceva degli sgorbi. Allora prendeva un'altra penna e si rimetteva a scrivere, ma diceva a voce bassa: «Oh, che scricchiolio! Disturberà Doady». Allora rinunziava a scrivere come a una cosa impossibile, e chiudeva il libro dei conti, dopo aver fatto sembiante di voler schiacciare con esso il leone. Oppure, se ella era in una fase di spirito molto posato e grave, si metteva davanti il taccuino, con un panierino pieno di fatture e d'altri documenti, che avevano, piuttosto, l'aria di cartucce da arricciare i capelli che di liste e di conti, e si sforzava di trarne qualche risultato. Dopo averli rigorosamente comparati gli uni con gli altri, aver scritto alcune righe sul taccuino, averle asciugate con la carta suga, e aver contato e ricontato tutte le dita della mano sinistra da un lato e dall'altro, essa si mostrava così smarrita e scoraggiata, aveva l'aspetto così infelice, che sentivo una pena nel vedere una nube oscurare quel volto luminoso — e per cagion mia! Io m'avvicinavo pianamente e dicevo: «Che hai Dora?» Dora alzava gli occhi disperata e rispondeva: «Non vogliono andare d'accordo. Mi fanno male alla testa. E non vogliono far nulla di ciò che voglio». Allora io dicevo: «Orsù, proviamo insieme. Lascia fare a me, Dora!»

E cominciavo una dimostrazione pratica, alla quale Dora accordava la più profonda attenzione per la durata forse di cinque minuti; e allora cominciava a sentirsi terribilmente stanca, e si distraeva dal soggetto arricciandomi i capelli, ripiegandomi il collo della camicia per veder come mi stava. Se, senza far conto di nulla, interrompevo la sua distrazione, continuando nella mia dimostrazione, essa faceva una faccia così selvaggia e desolata, imbrogliandosi e turbandosi sempre più, che il ricordo della sua naturale letizia al tempo che i miei passi si erano smarriti sulla sua via, e il sentimento ch'essa era mia figlia nello stesso tempo che mia moglie, operavano su me come un rimprovero, e allora deponevo la penna per prendere la chitarra».

Se la Kathe corrispondeva alla Dora del romanzo, non poteva essere che un impaccio per il Dickens, che odiava la pigrizia, l'accidia e gl'inutili languori delle anime sfibrate. La bimbamoglie serviva mirabilmente allo scopo d'un lavoro d'arte, non alla realtà d'una piccola casa borghese, che aveva bisogno d'una direzione oculata e saggia e dell'attività d'una massaia bene accorta. E pian piano la bimbamoglie discese dal piccolo trono d'idolo, dove il marito l'aveva sollevata, e scoprì la sua natura di bambola comune, poco adatta alla compagnia d'un uomo non comune. Non prima, però, del lasso di parecchi anni e del dono di parecchi figli; non prima d'un lungo periodo di reciproca tolleranza che diminuiva l'amaro della coabitazione. Poi, finalmente i torti reciproci apparvero a entrambi gravi, e si venne a una rottura clamorosa, aggravata da una comunicazione del marito ai giornali. E non c'era stata una violenta tragedia d'anime, e la colpa era stata lontana da entrambi; tanto aveva potuto la differenza dei gusti e degl'intendimenti!

Il fatto che lo scrittore rimase sempre in rapporti cordialissimi con tutti i componenti della famiglia Hogarth prova almeno che gran parte della responsabilità fu delle circostanze, che scandiscono il loro folle ritmo egualmente per tutti, e, quasi a mostrar meglio la loro ironia, s'aggravano più pesantemente sui grandi, senza rispetto della loro dignità.

Ma l'alba del matrimonio fu contrassegnata da un avvenimento memorabile nella storia delle lettere, l'apparizione del Pickwick, o per riferire più esattamente di The Posthumous Papers of the Pickwick Club. E questo più del matrimonio del Dickens e delle sue vicende coniugali importa all'umanità. Carlo Dickens aveva cominciato a scrivere la sua opera a ventiquattro anni e l'aveva finita a venticinque. E aveva compiuto un'impresa che sarà lodata fin nell'avvenire più lontano, e aveva raggiunto una vetta alla quale difficilmente arriverà durante i secoli un altro. D'allora ad ora, sebbene sia passato poco più di un secolo, nonostante una numerosa successione di eventi e di gusti, il lavoro è rimasto vivo e fresco, con la stessa smagliante bellezza del momento della creazione, come poche opere letterarie si conservano dopo un certo tempo, e unico della sua specie. Il lettore che apre la prima volta Pickwick adesso prova la stessa gioia di chi lo leggeva a fascicoli nell'anno 1836. Gli allegri personaggi, che lo popolano, ridono con la stessa schietta giocondità d'allora; gli episodi comici, che occhieggiano con grazia birichina da tutte le pagine, vi mettono con lo strepito delle risate gioiose un rumore di cascatelle che vi dà la sensazione e la visione di acque gorgoglianti e schiumose, di poggetti fioriti e di boschetti ombrosi, di desinari sull'erba, di grida e di richiami di brigate chiassose, a spasso in giornate di sole e di felicità. Pickwick si può leggere non una, ma due, tre, dieci volte, ed è sempre nuovo. È come un inesauribile riso di giovinezza eterna. Per farne comprendere l'irresistibile attrazione, si narra l'aneddoto d'un parroco, certo Faber, che sul letto di morte, saputo che non era ancora l'ora di leggere le preghiere dei moribondi, implorò dagli amici che lo assistevano: «Leggetemi Pickwick». Pickwick è il libro che più s'è stampato e si stampa in Inghilterra, e gli ultimi anni non hanno fatto che accrescerne la diffusione prodigiosa.

E pure nacque per un mero caso, senza preparazione alcuna, e fu scritto giorno per giorno, e dato a stampare volta per volta, senza la possibilità d'una revisione o d'un pentimento. Gli editori Chapman e Hall possedevano una serie di vignette divertenti di genere sportivo, e, volendo trovare il modo di usarle e trarne profitto, si presentarono dal Dickens che cominciava a formarsi la fama di scrittore arguto e piacevole, per proporgli di scrivere qualche cosa che s'accordasse con le vignette che avevano tra i fondi di magazzino. L'idea non spiacque al giovane scrittore, il quale, d'altra parte, ebbe ad osservare: «Non sarebbe meglio se scrivessi prima il testo, e poi si disegnassero le vignette in accordo col testo?» I Chapman e Hall, che, dopo tutto, avevano del buon senso, trovarono giusta l'osservazione dello scrittore, e allestirono i torchi, pur non avendo una robusta fede nel buon successo del nuovo lavoro, che doveva essere pubblicato, come s'usava allora, a fascicoli mensili di sedici pagine di stampa, con disegni dell'artista Seymour, un buon caricaturista che al secondo fascicolo fece la sciocchezza di uccidersi, e fu sostituito dal Browns che firmava con lo pseudonimo di Phiz. Il nocciolo della narrazione consisteva nelle avventure di quattro gentiluomini che si mettevano in viaggio per visitare l'Inghilterra, e osservarne gli usi e i costumi. Per ciascuno dei primi cinque fascicoli furono stampate quattrocento copie sole. L'impresa andava piuttosto male; e si pensò perfino di sospendere la pubblicazione. Il Dickens credette un momento che l'interesse sarebbe stato avvivato ed eccitato dalla introduzione d'un nuovo personaggio, Jingle, un allegro tipo di avventuriero, e scriveva alla fidanzata che sarebbe stata presto sua moglie: «Ho in questo momento imbarcato Pickwick e i suoi amici nella diligenza di Rochester insieme con un personaggio molto strano, che, mi lusingo, desterà molto scalpore».

L'autore si lusingava a torto. Lo scalpore lo sollevò nel sesto fascicolo, del quale occorsero e corsero quarantamila copie in una sola settimana, l'incredibile, l'insuperabile, l'immortale Sam Weller, lustrascarpe in titolo all'albergo del Cervo Bianco, il quale diede l'esatta misura del genio di Carlo Dickens.

Sam Weller s'incontra la prima volta nel decimo capitolo del Pickwick, nel momento che una bella cameriera gli strilla dall'alto d'una ringhiera: «Sam! Sam!» «Oh!» risponde Sam, alzando la testa, coperta d'una vecchia tuba bianca. «Il numero ventidue vuole gli stivaletti». «Domanda al numero ventidue se li vuole ora, o se vuole aspettare finch'è li abbia». «Non fare lo sciocco, Sam. Il signore li vuole subito». «Sai che saresti una bella voce per una compagnia di musica, tu! — soggiunge il lustrascarpe — Guarda qui: undici paia di stivaletti e una scarpa del numero sei, che ha una gamba di legno. Le undici paia di stivaletti debbono essere consegnate alle otto e mezzo e la scarpa alle nove. Chi è il numero ventidue che vuole passare innanzi a tutti? Per turno regolare, come diceva Jack Ketch quando legava i prigionieri. Mi dispiace di farlo aspettare, signore; ma sarò tosto da lei». Così dicendo, Sam si mette a lucidare la punta d'uno stivaletto con raddoppiata alacrità. Ma v'è un'altra chiamata, dal lato opposto della ringhiera. È la padrona dell'albergo che grida: «Sam, Sam! Dov'è quel fannullone, quel buono a nulla di Sam? Oh, Sam! Ah, eccoti! Perchè non rispondi?» «Non sarebbe stata educazione rispondervi prima di farvi finire», le osserva Sam gravemente.

Sam non perde mai la sua serenità, in nessuna circostanza mai, per nessuna ragione mai. Non è soltanto un personaggio umoristico, ma umorista egli stesso. Illetterato (aveva scritto soltanto in due occasioni il suo nome, ma non sapeva, come dichiarò al giudice del processo Bardell, se andasse scritto con un V scempio o un W doppio), si esprime nei momenti solenni con una filza di sentenze grottesche che la pronta fantasia nell'attimo gli suggerisce: «Per turno regolare, come diceva Jack Ketch, quando legava i prigionieri... Bel tempo per chi è bene imbacuccato, come diceva l'orso polare nei suoi esercizi di pattinaggio». Cresciuto sul ciottolato di Londra, tra i monelli, ne ha tutta la vivacità, gli ardimenti, gli espedienti. E non solo è una figura letteraria di gran rilievo, per l'acutezza delle sue osservazioni, per la sua imperturbabilità, per la fresca spontaneità de' suoi frizzi e dei suoi gesti, ma anche per le sue esemplari doti di fedeltà, di abnegazione e di magnanimità. Carlo Dickens, nella creazione dei suoi tipi, che furono molti e prodigiosamente vivi, non superò mai quello di Sam.

Una gran vena di comicità è anche nella figura del padre di Sam, di professione cocchiere, gran fumatore e gran bevitore, che ha commesso lo sproposito di coniugarsi una seconda volta. A suo figlio che, dopo un'assenza di due anni, gli chiede notizie della matrigna, risponde con grande solennità e amarezza: «Mah! bisogna distinguere, caro figliuolo. Come vedova, non ci fu mai una donna più simpatica di questa mia seconda fiamma. Oh, Sam, che cara creatura! Adesso, tutto quello che posso dire di lei è che siccome da vedova era una donna così straordinaria, è un vero peccato che abbia cambiato condizione. È inutile, come moglie non va». «Veramente?» domanda Sam. Il vecchio scuote il capo, e risponde sospirando: «Ho fatto lo sproposito una volta più del necessario. Prendi esempio da tuo padre, figlio mio, e guardati sempre dalle vedove». E quando la matrigna è morta, e il cocchiere mostra, dopo tutto, d'esserne addolorato, Sam s'arrischia di dire qualche frase di consolazione: «Ma ci dobbiamo arrivare tutti a quel passo, un giorno o l'altro.» «Certo», osserva il padre. «Ci si vede il dito della Provvidenza», aggiunge Sam. «Certo, ripete il padre, approvando con un cenno solenne del capo; se no, come farebbero i becchini a vivere?»

S'aspettò la pubblicazione d'ogni nuovo fascicolo di Pickwick con un'ansia febbrile; e infine il lavoro fruttò agli editori Chapmann e Hall un primo beneficio di mezzo milione, e all'autore, oltre trecentocinquanta franchi per puntata, come per contratto, un regalo di settantacinquemila franchi dalla casa editrice.

Non bisogna considerare il Pickwick quale un romanzo, come del resto non bisogna considerare romanzi gli altri lavori che lo seguirono, sebbene ne abbiano tutta l'aria e siano letti con questa convinzione. L'azione nel Pickwick, come negli altri, ci sta per la presentazione dei personaggi e potrebbe cominciare prima o dopo, senza guastar nulla e potrebbe non finir mai. La trama, nel Pickwick, più che negli altri, non forma un ciclo compiuto, ma una immensa spirale sulla quale è disseminato un numero straordinario di tipi, che forse non somigliano a nulla nella vita, ma che sono pieni di vita. Quelli che s'incontrano nel Pickwick potrebbero stare egualmente bene nel David Copperteld o nell'Old Curiosity Shop o negli altri romanzi, dovunque; come i personaggi degli altri potrebbero emigrare nel Pickwick o altrove e trovarsi perfettamente a posto. È un difetto dovuto a un'esuberanza di virtù creativa. I personaggi uscivano dalle mani del Dickens viventi al primo afflato, e l'autore li disseminava prodigalmente nelle sue pagine senza curarsi se c'entrassero o non c'entrassero, se l'azione per essi procedesse o ritardasse, se le fila della trama gli s'arruffassero e il piano primitivo gli si scomponesse. Anche perchè il modo di pubblicazione adottato, a fascicoli mensili, che non mutò mai, non gli poteva permettere il lusso d'una azione ben meditata. Gli bastava un'idea generale centrale; e poi sbozzava il resto secondo l'ispirazione del momento e la necessità maggiore o minore del tipografo, che gli stava col pungolo alle spalle. Così, salvo qualcuno, i romanzi del Dickens, considerati nel loro complesso, possono apparire come una massa d'un disegno confuso e grossolano. Occorre guardarli a parte a parte e nelle parti delle parti per rilevare la loro profonda bellezza. È nei particolari che il Dickens appare grande, forse come per lo stesso rispetto non fu mai nessuno: nel particolare della frase e nel particolare del tratto descrittivo, nel particolare del movimento psicologico appena afferrabile e ponderabile e nel particolare dell'atteggiamento muscolare pur della durata d'un attimo; nel particolare dell'episodio e di tutti i componenti l'episodio, urti d'idee e cozzi di passione. Allora il genio dello scrittore è come un faro potente che tutto rischiara anche nei minimi rilievi, penetrando fino nei più profondi abissi delle anime.

*

Da questo punto, cioè dal 1837, che segnava il suo venticinquesimo anno, la vita del Dickens fu una continua ascensione verso una gloria maggiore, se non a una potenza creativa maggiore. D'allora non toccò altezze artistiche più superbe di quelle toccate col Pickwick, salvo forse col David Copperfield, che, come s'è detto, è una specie d'autobiografia romanzescamente travestita, e ha quattro o cinque capitoli di meravigliosa bellezza. Ma se l'arte non fu più possente e pareggiò soltanto quella del primo lavoro, la materia trattata fu di sostanza più nobile. L'umorismo gaio e leggero del Pickwick, colorato soltanto d'iridescenze fuggevoli, si trasformò nell'umorismo stillante lagrime dell'Oliwer Twist, del Nicholas Nickleby e di tutti gli altri romanzi. L'intenzione, apparsa in germe negli Sketches by Boz, d'esaltare gli umili e di umiliare i superbi, si sviluppò, dopo la gloriosa parentesi del Pickwick, e pigliò consistenza. Il dualismo delle forze combattenti la lotta sociale fu sempre, d'allora in poi, presente allo spirito del romanziere, che lo rifranse, dove più vivo, dove più tenue, in tutte le sue pagine, le quali ebbero un fondo comune d'ispirazione: l'amore per i poveri e la predicazione dell'altruismo; la diffidenza contro gli alti gradi della società e la guerra all'egoismo plutocratico. Egli che sente potentemente certe forme speciali dei mali sociali sa rappresentarle con tanta evidenza che tutti son costretti a fermarsi e a guardare; egli, che aveva conosciuto da vicino la miseria, l'abbandono e la solitudine, vuol far felici i solitari, gli abbandonati, i miseri. La carità sociale diventa per lui compito supremo. Combattere gli abusi, ristabilire la giustizia, inegualmente severa verso i ricchi e verso i poveri, portar la luce dov'era la tenebra, smascherare la filantropia senza discernimento della borghesia nuova, furono le fatiche ch'egli prefisse alla sua arte riformata, e nel sostenerle fu d'erculeo vigore.

Il suo ufficio di riformatore sociale cominciò con l'Oliwer Twist, la cui pubblicazione fu iniziata mentre si chiudeva quella del Pickwick.

Nella prefazione egli scrisse: «Non ho alcun dubbio che una lezione del più puro bene non possa essere tratta dal più vile male; e non vidi ragione alcuna, scrivendo questo libro, perchè la feccia della vita non dovesse servire al proposito d'una morale. Mi sembrò che ritrarre un gruppo d'associati nel delitto, come realmente ne esistono, dipingerli nella loro deformità, in tutta la loro abiezione, in tutta la squallida miseria della loro vita; mostrarli come realmente sono, penosamente appiattati nei più sudici sentieri della vita, con l'ombra nera e spettrale delle forche sull'orizzonte; mi sembrò che far questo fosse tentar qualche cosa d'utile e di necessario alla società. E lo feci come meglio potei». E quando gliene vennero delle lodi dichiarò: «Nessuna, tra quante me ne furono prodigate m'ha valsa la metà del piacere datomi da quella che ha compresa la mia intenzione e la mia tesi».

E non soltanto lo scrittore prefisse alla sua arte un fine sociale, ma anche l'uomo alla sua azione. Da quel momento Carlo Dickens è legato strettamente al movimento filantropico inglese, e dà instancabile il suo tempo e le sue forze ad ogni iniziativa generosa. S'associa ad opere caritatevoli, presiede riunioni, è uno dei più attivi crociati contro la miseria ed il vizio, mette i giornali e le riviste, di cui è successivamente direttore, a disposizione della propaganda sociale. Così egli conquista un posto unico nella letteratura del suo tempo. Non solo consola e diverte con gli scritti, ma benefica e solleva con l'opera personale; non soltanto predica nelle ore d'ispirazione artistica, ma fa il bene con lo sforzo assiduo d'ogni giorno; e a un tratto i lineamenti distinti dell'artista e del cittadino si fondono, agli occhi del pubblico, in un'unica sembianza di apostolo benefico. «Dio lo benedica!» è l'esclamazione degli umili al nome del Dickens, e innumerevoli lettori, commossi dall'umanità profonda dei suoi scritti, lo amano con fraterno amore a traverso i suoi personaggi; e altri innumerevoli sentono il bisogno d'una più diretta comunione con lui, e gli scrivono, e lo sollecitano e lo incoraggiano. Il giorno di Natale, la cui poesia egli ravviva d'anno in anno con racconti che contengono l'essenza migliore del suo vangelo sociale e vengono spacciati in un numero enorme d'esemplari, egli riceve da ogni parte dell'impero britannico messaggi d'anime buone e ingenue che non possono resistere al desiderio di manifestargli la loro simpatia; e molti gli riempiono la casa di frutta, di mazzi di fiori, di mazzi di vegetali commestibili, di cartoncini dipinti e di doni d'ogni genere: un vincolo diretto si stabilisce tra la sua anima e quella del pubblico, che vibra alla sua voce, e sente in lui il glorificatore d'ogni cosa buona. Ed egli conquista una specie di regalità spirituale sui cuori di milioni di lettori, che non è soltanto il risultato dell'efficacia artistica di ciò che scrive, ma il frutto della sincerità assoluta degl'ideali che persegue.

*

Gli amici e gli ammiratori d'ogni parte dell'Inghilterra volevano vederlo, conoscerlo da vicino. Ed egli s'arrese un giorno alle loro frequenti sollecitazioni, iniziando un viaggio in Iscozia che si svolse trionfale. Se lo contesero in tutte le città, e lo assediarono d'inviti, e fu costretto a pronunziare numerosi discorsi, ad assistere ai ricevimenti di numerose società, a partecipare a innumerevoli banchetti. Importante fra gli altri quello di Edimburgo, ove il romanziere trentenne fu festeggiato da trecento notabili della contea, e dove, onore supremo, venne insignito della cittadinanza edimburghese.

E poi gli piacque di visitare l'America. L'ammirazione per lui dei cugini d'oltre l'Atlantico non era meno fervida di quella dei fratelli inglesi. Il fine umorista Washington Irving, che gli s'era legato a Londra d'affettuosa amicizia, gli scriveva che tutta l'America lo aspettava a braccia aperte, per stringerselo al seno. L'Irving non esagerava: i suoi connazionali accolsero il Dickens, che arrivò fra loro con la moglie nell'agosto del 1842, dopo aver affidato i suoi quattro bambini alle cure dei coniugi Macready, con l'entusiasmo più caloroso, con un'esplosione di ammirazione, che oltrepassava i confini del credibile. Fu uno scoppio di vero e proprio fanatismo. Nelle lettere al Forster, il Dickens, descriveva, con la sua solita vivacità divertente, le scene che si svolgevano alla sua presenza: «Non posso far mai nulla di ciò che vorrei, non posso mai andar dove vorrei, non posso veder ciò che vorrei. In istrada, la folla mi segue; in casa ho sempre la fiera, tanta gente ci viene. Vado a una festa, son così stretto e assediato dagl'invitati che mi manca il respiro. Vado in chiesa per avere un istante di tranquillità, e si fa ressa intorno al mio banco e il pastore predica «per me». Scendo a una stazione e non posso bere un bicchier d'acqua senza esser circondato da un centinaio di persone che osservano come apro la bocca. Pensa che vita deve esser la mia!».

Ci pensò anche lui, e la cosa cominciò a seccargli, e se ne sentì mortalmente infastidito. Il suo senso umoristico, smorzato alquanto dall'entusiasmo che lo circondava, si ridestò. Il sentirsi ripetere continuamente che il Dickens era un grand'uomo e l'America una grande nazione, cominciò a farlo sorridere, almeno sul conto dell'America. Si crede che gli umoristi sian gente in perpetua vigilanza sui loro sentimenti e su quelli degli altri; e che di rado si lascino ubbriacare da lusinghe e da lodi. Il Dickens in questa circostanza confermò questa antica opinione: quando fu giunto a bordo della nave che doveva riportarlo in patria e gli dissero la centomillesima volta che il Dickens era un grand'uomo, che una compagnia più scelta non l'aveva mai circondato e che l'America era una grande nazione, sentì il disgusto dell'America e degli americani e lo espresse in note (American Notes) che di là dell'Atlantico fecero levare alte strida e scrivere nei giornali sulla larghezza di una pagina, dei titoli di questo genere: «Charles Dickens is a fool and a liar». Anzi fece di più: mandò gli eroi del The life and adventures of Martin Chuzzlewit, che allora aveva sul telaio e non gli rendeva quanto sperava, a sbarcare negli Stati Uniti, e prese occasione dal loro viaggio per fare dei costumi di quella confederazione una satira che vivrà più a lungo della società democratica americana.

Ma i larghi guadagni, che ordinariamente gli avevano dati i suoi lavori, andavano alquanto scemando, e allora egli si propose, per risparmiare e non privare la famiglia degli agi ai quali l'aveva abituata, di venirsi a stabilire in Italia. Fece i suoi preparativi con una rapidità vertiginosa e partì con la moglie e i bambini da Calais nell'estate del 1844 per arrivare verso la fine del luglio a Genova e prender dimora nel sobborgo di Albaro. Il soggiorno della Riviera Ligure fu dolce alla famiglia, ma non così allo scrittore, che aveva una gran voglia di lavorare, e non trovava la vena. Aveva messo lo scrittoio contro la finestra, per aver negli occhi tutta la gioia del panorama divino, ma le brezze profumate che vi spiravano non seppero portargli alcuna ispirazione. Lo stesso gli accadde nella città, nel palazzo Peschiera, che abitò per un anno. Gli mancava Londra, il respiro dell'immensa metropoli, la nebbia. Pareva che le sue sensazioni non potessero che dissolversi nel vasto e limpido cielo d'Italia. Ma un giorno un tocco di campana «secco, stonato, sgradevole, discorde, odioso», gli mise il cuore in tumulto. Con un titolo, egli aveva trovato un racconto, The Chimes (Le campane), e lo scrisse con una straordinaria facilità e con un fremito di gioia che pervadeva ogni frase, ogni parola, e gli dava il senso d'un miracolo in corso. Era il suo secondo racconto di Natale (il primo fu Christmas Carol e il terzo The Cricket of the Hearth) ed era pieno di brume, di nebbie, di nevischio, ma caldo d'amore per i diseredati, bollente di generosa indignazione per le ingiustizie perpetrate a loro danno. La gioia d'aver lavorato fu in lui così viva, e la persuasione d'aver infusa nel lavoro tutta l'anima sua fu così completa, che egli partì immediatamente per Londra per andare a leggerlo agli amici, che ne rimasero profondamente commossi. Ritornò in Italia, e prima di lasciarla, visitò tutte le grandi città, raccogliendo delle impressioni che furono stampate nel Daily News, da lui diretto, e poi raccolte in un volume sotto il titolo Pictures from Italy.

Non costituirono un gran lavoro, chè il Dickens descrisse l'Italia come avrebbe fatto d'un altro paese: con piacevolezza, con brio, ma senza finezza e particolare penetrazione. Si stette pago alle apparenze, e non arrivò alla profondità della nostra anima nazionale, della nostra storia, della nostra tradizione. I monumenti lo lasciarono freddo; e non ne ritrasse che le linee visibili e tangibili. Il meno classico degli scrittori moderni, fattosi da sè, cominciato dove s'interrompeva la corrente della cultura antica, nato, si può dire, per generazione spontanea, senza che la scuola lo tenesse per le propaggini con cui sa avvinghiare i più originali, non poteva col soggiorno di un solo anno ritrarre nella sua interezza la fisionomia d'un paese che viveva soltanto di scuola e di tradizione. Se le sue note avessero descritto la Germania, sarebbero state, mutati i nomi, le medesime; e al posto della Germania si può mettere anche la Spagna e il Portogallo, perchè la terra di cui intratteneva i lettori era veramente Dickensland, chè egli fu sempre il meno obbiettivo degli scrittori, e pennelleggiava tutto coi colori della sua fantasia. Ma non così che non sentisse la particolare condizione del nostro paese e non facesse i più ardenti voti per il suo avvenire. Nel cinquantenario della nostra unità è consolante ricordare come illustri scrittori stranieri si dolessero delle sventure d'Italia, e più se la loro autorità appare maggiore. Il Dickens chiudeva il volume sull'Italia con queste parole: «Lasciamo l'Italia con tutte le sue miserie e i suoi torti, con rimpianto, nella nostra ammirazione delle bellezze naturali e artistiche, delle quali trabocca, e nella nostra tenerezza verso un popolo, d'indole naturalmente buono, paziente e dolce. Lunghi anni di trascuratezza, d'oppressioni, di malgoverno hanno lavorato per cambiarne la natura e deprimerne lo spirito; miserabili gelosie, fomentate da Principi meschini ai quali l'unione significava distruzione e la divisione forza, sono stati il cancro della radice della sua nazionalità e gli hanno imbarbarito la lingua; ma il bene che fu sempre in lui, è ancora in lui: e un nobile popolo si può un giorno sollevare da queste ceneri. Intratteniamo questa speranza!». È opportuno inoltre qui ricordare, anche perchè nessuno lo ricorda, come il Dickens, sette ad otto anni più tardi a Londra offrisse spontaneamente, per mezzo del bibliotecario Panizzi, aiuto e protezione al Poerio e a tutti i rifugiati napolitani, mettendo a loro disposizione il suo giornale Household Words per la propaganda delle loro idee, e dichiarando d'esser pronto a rimunerarli nel modo che il Panizzi avrebbe giudicato generoso ed equo. È d'accennare ancora come difendesse l'Italia e gli italiani anche in privato, in una lettera a Herly Forthergill Chorley, che aveva detto male degl'italiani nel suo romanzo Roccabella. «Io non sono della vostra opinione per quanto riguarda gl'italiani. Pensate, se voi e io fossimo italiani, e fossimo cresciuti dall'infanzia ad ora minacciati continuamente da confessionali, prigioni e sgherri infernali, potremmo voi ed io essere migliori di loro? Saremmo noi così buoni? Io, se ben mi conosco, no. Simili cose farebbero di me un uomo stizzoso e cupo, assetato di sangue, implacabile, che non arretrerebbe innanzi a nulla per vendicarsi; e se io tradissi la verità — facciamo la dannata ipotesi — dove mai l'avrei avuta innanzi a me? Nel vecchio collegio dei gesuiti a Genova, a Chiaia a Napoli, nelle chiese di Roma, all'università di Padova, a piazza San Marco a Venezia; dove? E il governo è in tutti questi luoghi e in tutti i luoghi d'Italia. Io ho veduto alcuni di quegli uomini. Ho conosciuto Mazzini e Gallenga; Manin fu istitutore di mia figlia a Parigi; ho avuto parecchie conversazioni col povero Ary Scheffer, che era loro amico, intorno a molti italiani. Son ritornato in Italia dopo dieci anni, e ho trovato gli uomini migliori, che vi avevo conosciuti, tutti in esilio o in prigione. Io penso che essi abbiano i difetti dei quali li accusate (nazionalmente, non individualmente); ma non saprei in cuor mio, ricordando le loro miserie, additarle senza riportarle alle loro cause».

È difficile trovare in altri stranieri, in una lettera privatissima, una così calorosa difesa della nostra causa. L'aspirazione del Dickens alla giustizia non era soltanto un'espressione letteraria, per la parata innanzi alla folla, da ingannare con la finzione dell'arte, ma una forza viva e sincera del suo intimo convincimento, accesa in continuità.

*

E poi successe il periodo più fervoroso della attività del Dickens, che parve moltiplicarsi e vivere la vita di cinquanta uomini. Non si sapeva dove trovasse il tempo per andare in tutte le parti dove andava e per fare tutto quello che faceva. Mutava continuamente di residenza ed era indifferentemente in Iscozia o in Francia o in Isvizzera, e se non al settentrione dell'isola britannica o all'estero, in campagna o al mare, o poi di nuovo in Francia o in Isvizzera. Si trovava regolarmente e puntualmente alle riunioni delle società di beneficenza delle quali era membro, dettava relazioni, faceva discorsi, presiedeva banchetti, promoveva spettacoli, dei quali spesso era in un sol tratto impresario, attore, bigliettario, suggeritore. Faceva e riceveva visite, organizzava gite con gli amici, curava l'educazione dei figliuoli, che erano già parecchi — furono in totale nove — partecipando ai loro giuochi, improvvisando per essi commediole e pantomime, dipingendo cartelloni umoristici. E intanto scriveva. Scriveva pagine e pagine con la straordinaria facilità di chi attinga acqua dall'oceano senza tema che si esaurisca mai, come chi conosca tutte le sensazioni e tutte le idee, e le abbia già belle e ordinate in un'immensa classificazione e non abbia che da stendere il braccio per raccoglierne a manate. E non scriveva soltanto romanzi, ma anche articoli di giornali, e non soltanto collaborava a giornali, ma li dirigeva. E teneva una numerosa corrispondenza, nella quale si divertiva a dir tutto, con lettere che sono una miniera di osservazioni preziose, e piccole gallerie di quadretti e di scene tipiche e situazioni ingegnose. E nonostante tutte queste occupazioni, era veduto spesso girovagare per Londra a guisa d'un bighellone, che non avesse altro campo di esercitazione che il selciato, di giorno e di notte, indifferentemente, nel cuore dei quartieri popolari, lungo quel Tamigi che forma quasi il fondo mobile di tutta la sua opera, con una nota di trasparenza e di mistero, di splendore e di ombra, come per riassumere la vita in un'immagine. Era per cercare ispirazione, aggiungere elementi di realtà agli spontanei motivi della fantasia? Certo, il suo lavoro letterario, si faceva a quel tempo, nell'atto che scriveva Dombey and Son, più curante della linea del vero, più curato nella verosimiglianza dei particolari e, sopra tutto, più rispettoso delle proporzioni. Gli avevano detto che la realtà non era quella dipinta da lui, che egli deformava uomini e caratteri, che non sapeva contenere la narrazione nei giusti limiti d'un disegno armonioso e d'un piano proporzionato, ed egli cercava, senza riuscirvi, di far meglio di quanto aveva già fatto, solo arrivando, dopo lo sforzo, a tarpare le ali della sua bizzarra ma squisita originalità, che si dilettava di dare al mondo reale un mondo irreale che non somigliava per nulla al vero, ma come il vero aveva leggi ineluttabili, avvenimenti fatali e abitatori incorreggibili e incomprensibili. Fortuna che non si possa essere ciò che non si è; e, che dopo ogni sforzo in contrario, il Dickens finisse col rimanere semplicemente il Dickens di prima; e che i personaggi del Dombey and Son si presentassero, nonostante l'intenzione dell'autore di crearsi un realismo inutile e dannoso, vestiti della stessa stoffa di quelli che li avevano preceduti!

L'illusione del Dickens continuò anche col David Copperfield, cominciando il quale egli credette di proporsi a soggetto il vero assoluto, riflesso come dalla limpidità d'uno specchio, che scambia soltanto i due lati dell'immagine senza alterarne la rispondenza e la reciproca dipendenza. Era la sua stessa precisa storia che avrebbe narrata, e l'avrebbero tenuto a freno i fatti immutabili, non inventati da lui, ma tessutigli e tagliatigli dalla sorte. Ed ebbe torto, perchè il David Copperfield prova come la storia sia un materiale amorfo e il genio tutto, che la ravviva secondo il suo calore e la colora secondo la sua luce. In quel romanzo che, in un certo grado, rappresenta la massima espressione della letteratura vittoriana, meno l'ultima parte, melodrammatica, e perciò ostica al palato di lettori non volgari, si ritrae con finezza precisa l'impercettibile della sensazione, si pondera l'imponderabile del pensiero in uno sdoppiamento istantaneo, si misura l'immensurabile della coscienza umana nell'inestricabile viluppo dell'errore. E non perchè il soggetto sia Carlo Dickens, con addosso, per comodità della finzione, le spoglie di David Copperfield, ma perchè l'autore è quel medesimo scrittore che trascura la verità contingente e fissa i mille volti dell'eterna, ritraendone la linea essenziale, indistruttibile e immutabile. Egli era falso contro la testimonianza oculare, secondo i dati del piccolo documento quotidiano, ma irrefutabile nel quadro d'insieme dipinto con un sentimento che investiga con sicurezza ogni profondità e trae a sommo, come in una goccia d'essenza ultima, la qualità custodita dall'anima e non ancora espressa.

E non soltanto cercò, senza riuscirvi, di metter più verità minuta nei suoi lavori, ma pure, e vi riuscì, con più pensiero, maggior forza aggressiva. La materia quasi diafana della trama dei precedenti romanzi si fa più consistente, si coagula intorno a un'idea centrale, che ha la potenza di propulsione datale da una più lunga meditazione. Quando si pubblica Bleak House è come l'impeto d'una furia demolitrice che s'abbatte sulle istituzioni giudiziarie inglesi. Par che il Dickens non sorrida più col sorriso paziente e tollerante che gli veniva dal suo istinto di carità cristiana, ma con quello corrosivo del canonico Swift, che non ne aveva, con quello smisurato e violento del curato di Meudon, che era pagano con gioia. Le parrucche della Corte di Cancelleria, che avevano resa ridicola la giustizia inglese e che videro di punto in bianco scoperte le loro soperchierie innanzi al mondo che rideva con dileggio, ebbero un bel da fare per salvarsi da quell'assalto, e si salvarono a patto di rinnegarsi e di ritornar sul campo della logica, abbandonato per insensibili e continue deviazioni e aberrazioni. E una maggior sostanza di pensiero mise in Hard Times, composto contro chi giudicava il mondo dalle cifre, e tutto voleva sottoporre alle leggi delle medie. Squadre e compassi, caduti nelle mani degli economisti, venivano temerariamente applicati alle astrazioni della fantasia, dell'immaginazione, del sentimento, come a superficie e a solidi! Egli vide il pericolo di quella falsa scienza sociale, che predicava la religione del dio numero, e le si oppose con tutta la forza, mostrandone i nocivi effetti morali. John Ruskin, che insegnava il culto della bellezza e che trovava in Hard Times le sue stesse idee su quella scienza che trattava il mondo come uno scacchiere, scrisse, contro l'opinione da lui stesso sostenuta, cioè che non bisogna giudicare buoni i libri semplicemente perchè collimano con i nostri pensieri, che quello era il capolavoro di Carlo Dickens.

E poi il romanziere, già all'apice della sua carriera, scrisse Little Dorrit. Alla miglior parte dei dickensiani questo romanzo è indigeribile. Non si capisce come l'autore del Pickwick abbia potuto scendere così facilmente al grado dello scrittore d'appendice. Forse ve lo avevano tratto l'esempio, la compagnia e la collaborazione per qualche libro, di Wilkie Collins. Ma Little Dorrit è salvato e portato in alto, come un lavoro che soltanto il genio poteva concepire, dall'idea del Ministero delle Circonlocuzioni, vasta satira della burocrazia d'ogni paese, frapposta, come un Imalaia d'inerzia, fra l'iniziativa e il bene, la malizia severa dei più animosi e la conquista, l'impeto bellicoso dei novatori e la vittoria. Il Ministero delle Circonlocuzioni è la vasta palude che specchia in immagini rugginose e tristi ciò che le sta di sopra e d'intorno; e ogni speranza che la sfiori al margine vi annega per l'eternità, e appena un brivido a fior dell'acqua, tra la vegetazione marcita, segna il punto della caduta. Gli ultimi umoristi francesi, che hanno studiato con acume malizioso e felice freschezza di rilievo, le miserie e le piccinerie dell'anima burocratica, non si son mai levati a una concezione così larga e completa, che, senza trascurare l'atto del singolo segnato dal crisma del decreto ufficiale, sa mettere in moto tutto il mastodontico, mostruoso organismo ministeriale, e seguirlo nelle più remote vibrazioni, nel lento ritmo della sua immane irresponsabilità. È una creazione gigantesca, come una di quelle opere che raccolsero lo sforzo di più generazioni, e si rappresero in mirabili armonie di marmo.

In concorrenza con lo scrittore, che non riposava mai e si prodigava in cento lavori, con una fecondità che sembrava inesauribile, era spuntato il conferenziere o, per meglio dire, il lettore. L'idea gli era sorta nel tempo, oramai già lontano, che egli era corso da Genova a Londra a leggere agli amici, caldo ancora della creazione, il racconto di Natale The Chimes. Aveva visto i loro volti velarsi d'una commozione non simulata, dai loro occhi scorrere vere lagrime. E poi, come accade delle idee, insensibilmente era cresciuta, e un bel giorno egli la colse. Non si trattava che di andar leggendo qua e là i migliori e più adatti brani dei suoi romanzi, e far denari a staia. E infatti fu così. Egli aveva la voce calda, flessuosa, bene intonata, capace di scendere e salire rapidamente con naturalezza per tutta la gamma; i muscoli del viso d'una mobilità estrema pronti a variazioni immediate, in un giuoco che diceva ogni gradazione del sentimento; il gesto dell'attore perfetto. Il pubblico che andava in visibilio a sentirlo, che piangeva e rideva come un bambino solo, a piacere del lettore, faceva coda alle porte delle sale e dei teatri, ove la lettura era annunziata. I biglietti erano venduti una settimana prima, e in molte città gli speculatori s'accampavano, dalla vigilia, innanzi alla sala di lettura, portandosi materassi, viveri e fuoco. Un testimone oculare e auricolare delle letture raccontava: «La vendita dei biglietti doveva aprirsi alle nove della mattina del venerdì: una lunga fila di speculatori cominciò a far coda sin dalla mezzanotte di giovedì. Alle due cominciarono ad arrivare alcuni compratori onesti; alle cinque speculatori e compratori onesti erano mille e seicento in due lunghe file; alle otto erano circa cinquemila; alle nove ciascuna fila era lunga più di tre quarti di miglio. I vari membri d'una famiglia si davano il cambio nella coda; i camerieri delle trattorie vicine accorrevano per servire le compagnie che facevano colazione all'aria aperta, nella fredda giornata di dicembre, mentre i più esaltati offrivano una somma di cinque o dieci volte maggiore del prezzo del biglietto per ottenere di cambiar di posto con quelli che erano più avanti!». In Inghilterra non si ricordavano altri avvenimenti simili che avessero portato un così grave scompiglio nelle tranquille abitudini dei capoluoghi delle contee. Come non mostrarsi desiderosi di sentir dalla viva voce del romanziere le sue pagine più belle? Non sa il Dickens arrivare fino alla sensibilità più squisita, con quella sua arte inimitabile fatta di pianto e di riso? C'è un poscritto d'una sua lettera a Wilkie Collins, che rivela intera l'intima struttura del suo stile, compenetrato così indissolubilmente di comico e di pietoso: «Il ciabattino è ammalato da mesi e non può lavorare: ha avuto un ascesso alla schiena e gliel'hanno tagliato tre volte in questa settimana. Il cagnolino sta sulla porta, così triste e così desideroso d'essere in qualche modo d'aiuto al padrone che m'aspetto che un giorno o l'altro si metta a fare un paio di zoccoli».

I critici, a proposito delle sue conferenze, ricordarono al romanziere il decoro e la dignità, ma a lui parve di non aver peccato in nessun modo contro quelle doti così necessarie all'uomo di lettere, e non se ne diede per inteso. Anzi, siccome la cosa andava di bene in meglio e dava sempre guadagni più grassi, egli accettò la proposta che gli veniva da un impresario americano, il quale aveva già depositato alla Banca d'Inghilterra diecimila sterline in garanzia dei patti che gli faceva, di pagarlo per una serie di conferenze negli Stati Uniti. Non accettò il suggerimento dell'amico Forster, che lo sconsigliava dal viaggio e dalla fatica, e s'imbarcò per New York il 6 novembre 1867. Gli americani, dimentichi dei suoi severi giudizi a loro riguardo — la memoria dei popoli è labilissima — gli fecero un'accoglienza trionfale che si rinnovò in tutte le città. Nelle lettere di quel periodo ai suoi familiari trapela in ogni frase la soddisfazione dello scrittore, di sollevare sui suoi passi un coro così possente d'approvazioni. Il Dickens aveva avuto a cuore di cercar di far dimenticare le sue note poco lusinghiere di venti anni prima. In un gran banchetto dato in onor suo dai giornalisti di New York, egli colse il destro per parlare dei grandi progressi fatti dall'America nell'intervallo tra le sue due visite: «Io non ho l'arroganza — egli disse — di supporre che tutto questo tempo non abbia prodotto in me alcun mutamento e che io non abbia di poi avuto nulla da imparare, nè alcuna osservazione affrettata da correggere». Conchiuse dicendo che nelle edizioni future di American Notes e di Martin Chuzzlewit, avrebbe ricordato che da per tutto ove era stato, nel più piccolo villaggio, come nelle più grandi città, era stato ricevuto con una cortesia perfetta, con grazia squisita, con delicatezza estrema.

La prima lettura era stata tenuta a Boston il 2 dicembre. Sull'esito, il Dickens scrisse a sua figlia: «Uno ha dato due biglietti per la seconda, la terza e la quarta lettura, cinquanta dollari e una bibita al selz, in cambio d'un biglietto per la prima».

George Dolby, che fu l'impresario del Dickens, scrisse un libro pieno d'aneddoti sullo svolgimento delle letture in Inghilterra e in America, asserendo che la fatica del romanziere fu molto superiore alle sue forze. La sola lettura implicava uno sforzo fisico enorme in un uomo che incarnava ciò che leggeva, e che vibrava non soltanto della commozione dei personaggi del romanzo, ma anche di quella degli uditori. Poi v'era lo strapazzo dei viaggi in ferrovia, che eran molto meno comodi di quelli d'adesso. Pure, nonostante la fatica, nonostante le debolezza della salute, già scossa, e già segnata per il crollo finale, la vivacità naturale, la giocondità dell'oratore avevano sempre il sopravvento. Talvolta, egli si mostrava allegro come un giovanetto, e si metteva a ballare nel treno, per divertire i compagni, e alleviava loro la noia delle ore lente, raccontando aneddoti buffi, e facendo mille pazzie per delle ore.

Gli sforzi a lungo sostenuti lo rimandarono in Europa fisicamente fiaccato. Soffriva d'un malessere generale, che nessun rimedio valeva a debellare. La pace di Gadshill, una antica casa di campagna da lui comprata, restaurata, ingrandita e abbellita con la cura amorosa e meticolosa che i nuovi proprietari portano nei loro acquisti, non gli ridiede l'antico vigore. Anche perchè egli accettò di fare nuove letture, e di andare ancora in giro per l'Inghilterra, per l'ultima volta, e poi finalmente riposarsi. Ma non mantenne il proposito, chè dovè ripresentarsi al pubblico in un nuovo giro d'addio, e quindi, come sogliono i comici, in un giro ultimo e definitivo, che lo rese più debole e meno disposto a resistere alla nemica che era in agguato nell'ombra.

Intanto aveva pubblicato Great Expectations e attendeva con gran lena alla composizione d'un nuovo romanzo: The Mystery of Edwin Drood (Il mistero di Edwin Drood). Con quest'ultimo aveva fatto ciò che non aveva tentato mai: chiudere l'azione in una trama convergente tutta in un punto. Oltre l'osservazione dei personaggi, che cercava di tenere ora nei limiti d'una realtà più comprensibile, oltre la forma, che elevava man mano a una dignità sempre più composta, s'era messo a inseguire da presso la tecnica del romanzo, della quale non era stato mai padrone e che sperava, con folle ardore, di assoggettare. Con l'illusione di tutti gli artisti, che non son mai paghi delle loro qualità e invidiano quelle degli altri, cercava negli ultimi tempi d'essere piuttosto George Eliot o il Thackeray che sè stesso: essere reale come erano essi, secco e ardente, com'essi, d'un'osservazione quasi dolorosa nello sforzo d'introspezione. Ma il mistero di Edwin Drood doveva rimaner mistero; nè ce l'ha rivelato la vasta letteratura nata da quel romanzo rimasto incompiuto, e così pubblicato, sebbene i critici l'abbian studiato da tutti i lati con la vaga speranza di ricostruire quello che l'autore, per la sua fine improvvisa, dovè lasciare sigillato per l'eternità.

L'8 giugno 1870, mentre desinava, Carlo Dickens a un tratto impallidì, si rovesciò su un fianco e s'abbattè dalla sedia sul pavimento, mormorando inintelligibili parole. Furono le ultime, e poco di poi le labbra si chiusero per sempre, e il prodigioso suscitatore di innumerevoli vite ideali giacque immoto nel sonno della morte, e successe un gran schianto nel cuore della nazione anglosassone, e ogni anima bennata, in tutti i paesi ov'era giunto un raggio del suo chiarore, dolorosamente lo ripercosse. Era come la caduta improvvisa d'un trono. Più triste, perchè egli aveva dominato senza armi, e senza leggi, con la sola forza della simpatia, e il regno da lui inaugurato finiva con lui. I potenti lo avevano avuto loro giudice equanime; inflessibili soltanto i vili; gli umili, consolatori; i reietti, rivendicatore generoso della loro dignità; tutti, largo dispensiero di serena gioia; e la gloria gli riversò sulla fronte tutti i suoi lauri immortali.

Il compianto fu sentito più intensamente dai poveri, dei quali era stato ardente patrocinatore, dei quali aveva sofferto le sofferenze, scoperto la morale bellezza anche nelle loro più squallide tane. Con l'attrarre le simpatie dei suoi lettori su di essi, o col mostrare il meglio della loro anima, aveva fatto sentire ciò che egli stesso sentiva. Tre piccoli aneddoti narrati da un figliuolo del Dickens dànno un'idea del sentimento di tutte le classi per il gran romanziere nell'ora della morte: «Un mio amico, appena morto mio padre, si trovava in una bottega di tabaccaio, quando entrò un operaio che ordinò la sua provvista di tabacco e disse, gettando il denaro sul banco: «Abbiamo perduto il nostro migliore amico». Il figliuolo del Dickens prosegue: «Presi una carrozza nei giorni dei funerali di mio padre e quand'ebbi pagato la corsa al cocchiere, questi mi disse: «Oh, signor Dickens, vostro padre fece molto per tutta la povera gente: noi cocchieri sapevamo che avrebbe finalmente fatto qualche cosa anche a nostro vantaggio!». Non ho avuto mai la più remota idea di che cosa il cocchiere pensasse che mio padre avrebbe fatto per la sua classe; ma il fatto dimostra la fede che si aveva in lui. Un mese prima della sua morte, egli ricevette la seguente lettera da uno sconosciuto «Io cominciai la mia vita, come operaio, in una segheria, fui fatto sorvegliante, poi ispettore, poi fui assunto dal padrone in società. Il mio socio è morto, e io ora resto solo proprietario d'una grande azienda. Sono convinto che il buon successo della mia vita sia dovuto all'influenza esercitata su di me dai vostri libri, e io non posso venire in possesso di questa grande fortuna, senza tentar di esprimervi in qualche modo ciò che sento».

*

Dopo quarant'anni dalla morte, il gran romanziere non ha sofferto diminuzioni. Tra le grandi ombre che passarono in Inghilterra dal 1840 al 1870, periodo d'una vasta fioritura di ingegni, è l'ombra che non si dissolve. C'è anche quella del Thackeray, ma gradatamente s'allontana e si dirada, e soltanto i più acuti lo scoprono.

È perfettamente inutile tentare il parallelo del Thackeray col Dickens. Quel che si può dire di certo è che il Dickens tiene sotto l'impero della sua fantasia l'alto e il basso della scala dei lettori, raggiungendo lo scopo che pochi raggiungono nel trattare materia d'arte: accendere d'una stessa ammirazione incolti e colti, rozzi e raffinati. È il capo d'accusa che si porta contro di lui, questo suo essere accetto a ogni classe di lettori. Si dice: per piacere al gran pubblico dev'essersi servito di mezzi grossolani. Invece il pubblico grosso è da lui affascinato non con la volgarità degli elementi adoperati, ma con la loro semplicità. Come il riuscire inintelligibile ai più non è segno di eccellenza, non è necessariamente volgare ciò che è compreso e gustato anche dai più. Fu dato a lui di conciliare ciò che appare inconciliabile: esser fine ed esser popolare.

E non fu il solo suo merito. Un altro, maggiore, fu la varietà dei suoi toni, la ricchezza delle sue espressioni. In generale, ogni scrittore ha una corda, e su quella picchia e ripicchia fino alla sazietà. Il Dickens ebbe tutte quelle che possono essere a disposizione d'uno scrittore, e le avvicendò sotto le dita con una prodigiosa mobilità. Sicchè alla pagina melanconica succede con trapasso naturale la pagina ilare o lieta; alla patetica e grave, la vivace e la nervosa; alla profondamente commossa, la sbrigliatamente comica, quando la commozione e la comicità non fanno una mescolanza sorprendente e bizzarra, nella quale il sorriso brilla in una lagrima. Ed è una processione di scene perfettamente inquadrate, sebbene ci sia tra esse qualche soluzione di commessura non sempre perfettamente dissimulata. Alcune, a volte sono poco necessarie all'azione, considerata nel suo insieme, ma d'una assoluta perfezione, singolarmente giudicate, e d'un genio così personale e pur d'un carattere così universale che sono entrate senza sforzo nel patrimonio comune degl'inglesi colti. Il segno maggiore della nobiltà d'uno scrittore è colorare della propria sostanza quella massa incandescente e ondeggiante, in perpetua variazione, che è la lingua, lo strumento d'espressione d'una nazione. Sono innumerevoli le frasi che tutti gl'inglesi spendono come moneta corrente e ufficiale, e che furono invece coniate nella privatissima zecca del Dickens.

Questo, naturalmente, non sarebbe potuto avvenire, senza un terzo ed esclusivo merito, quello che sopravanza gli altri ed eleva lo scrittore di tanti cubiti, sui rivali, concorrenti o contemporanei: la sua incredibile facilità di ideatore e modellatore di personaggi. La vita fisica e morale si esprime nelle sue ultime elaborazioni, in tipi d'organismi e tendenze individuali; la vita ideale, per distinguersi dall'amorfismo cerebrale, ha estrema necessità di persone e caratteri distinti; se no, non esiste. Nessuno si salva degli scrittori che non organano la forma in stampi propri, fortemente caratteristici, e nessuno con maggiore energia del Dickens espresse una legione così numerosa di tipi originali con così ricca vitalità. Il lettore dei suoi romanzi — veramente un genere alquanto raro in Italia — non ha che da raccogliersi un poco per vedersi sfilare innanzi una singolare interminabile legione di figure che affermano con tutti i mezzi la loro volontà di rimanere per lungo tempo nel campo delle creazioni felici. I critici sottili — attenzione ai critici troppo sottili, disposti a rinnegare l'esistenza di sè medesimi! — dicono che sono persone impossibili senza riscontro nella realtà quotidiana. Verissimo; ma è la realtà quotidiana che muta e dilegua, e viene sostituita con un'altra realtà parimenti fuggevole, non la realtà artistica, che vive di elementi diversi, e risponde a una nostra idea generale, che permane immutabile per secoli. L'Achille omerico appunto perchè non può esser avvicinato all'antropometro dei distretti militari giganteggia tra gli eroi; come Orlando, che sfugge all'esame degli psichiatri, e don Chisciotte, che è rimasto fuori del manicomio, giganteggiano in altro campo. Gli eroi del Dickens probabilmente non entrano nelle categorie auguste che la critica con la squadra e col compasso ha dichiarato insormontabili: ma non cessano dall'essere artistici per la ragione della loro grandezza, che incarna una nostra idea, non fantastica, del bene e del male, della virtù e del vizio. Le possibilità umane sono infinite, e infinite le possibilità artistiche: le une e le altre per essere esistenti debbono essere coerenti, e la coerenza è dal Dickens scrupolosamente osservata. Forse troppo. È la loro stessa estrema coerenza che, a volte, fa sembrare impossibili certi personaggi, e la loro immutabilità dal principio alla fine. Ma sono pure i segni della loro giovinezza quasi mitologica e della loro indistruttibilità. Visti una volta — e bastano in moltissimi casi poche parole per fissarli indelebilmente — conosciuti una volta, non si dimenticano più. Il lettore più indifferente comincia a interessarsi ai loro casi con un'ansietà che nessuna sensazione estranea diminuisce, e quando li ritrova li saluta come buone antiche conoscenze; e quando da parecchio tempo li ha lasciati dormire negli scaffali e per un istante li risveglia, s'alza come il vocio d'una folla gaia, nella quale egli distingue visi e occhi, e chiama vecchi amici a nome, e cento mani gli son spôrte, ed è per lui come il ritorno, dopo una lunga assenza, in un paese amato dove non si sa se sia maggiore il piacere di rivivere tra persone care o più dolce la malinconia dei ricordi che si levano, come stuoli alati, da ogni parte. E questo avviene a tutti i lettori in buona fede, siano dell'aristocrazia intellettuale o della democrazia intelligente. In una conferenza del Thackeray c'è un tratto che dimostra la bontà del suo animo, non ombroso del rivale, e insieme il trasporto d'ogni classe di lettori per il Dickens, che era arrivato ad attrarre con la sua arte perfino i fanciulli. I figliuoli del Thackeray un giorno irruppero nella sua stanza per domandargli: «Perchè, babbo, non scrivi dei libri come; quelli del Dickens?».

Il Dickens aveva in comune col Thackeray l'acutissima penetrazione dei difetti, delle piccinerie, delle miserie dell'umana natura, e sapeva, come lui, rilevarli e colpirli; ma aveva in più, a tacer della sua tendenza a scoprire il nucleo del bene nel cuore di tutti e della sua simpatia più calda per le sofferenze degl'infelici, un senso particolarissimo della bizzarria del mondo. Pur studiando e ritraendo continuamente l'umanità, egli n'era rimasto, sotto un certo aspetto, al di fuori, come un abitante d'un altro pianeta spedito quaggiù a cogravità sensazioni e impressioni terrestri. Questa sua disposizione di spirito, che gli faceva vedere dello strano e del grottesco in tutto, e considerar con occhi perpetuamente meravigliati ogni fenomeno del mondo fisico e morale, lo portava spesso a isolare il fatto e l'oggetto più comune, e, penetrandolo nei suoi elementi essenziali, ad attribuirgli un'importanza a volte esagerata. Non a danno dell'arte che è appunto rivelatrice e vivificatrice d'ogni senso riposto delle cose; ma a più intensa glorificazione della vita, diversa, varia, multiforme, sempre la stessa e nuovissima a ciascuno, fuggente e presente in innumerevoli aspetti, e degna, anche se aspra ai più e dolorosa ai più sensibili, d'esser vissuta e rappresentata.

Jerome

Jerome

Sono pochi, ma ci sono; son rarissimi, ma tutti qualcuno l'abbiamo pure, di tanto in tanto, incontrato... qualcuno di quegli spiriti faceti, che hanno il potere di spianare tutte le fronti, di portare un sorriso in ogni angolo, una spera di sole a ogni malinconia. Per una loro disposizione naturale a non cogliere che i fiori e a non inciampare nei rovi, a lasciar da parte il grigio, l'incolore e l'informe; per la loro attitudine istintiva a correre dove c'è lume di gaiezza e a ignorare i cantucci oscuri dove s'accumula l'uggiosa polvere del mondo. Gli amici se li disputano, i crocchi pendono dalle loro labbra, le famiglie dei conoscenti, ove càpitano, non vogliono lasciarli andare e insistono perchè rimangano a cena, sebbene di preparato non ci sia nulla; e a un tratto la casa della visita improvvisata assume un'aria di festa: il broncio coniugale del giorno è svanito; i bambini hanno interrotto le loro bizze e son tutti orecchi; perfino la vecchia nonna, sorda e semispenta, seduta da anni nella sua poltrona d'invalida, si sente di nuovo interessata alla vita e si fa ripetere l'ultimo motto, che ha fatto esplodere l'ultima risata; perfino la domestica, con uno straccio e una stoviglia in mano, è ritta sulla soglia della cucina a cogliere i frizzi giocondi e le gaie trovate: la mensa modesta, quella sera, ha il fulgore d'un banchetto in un palazzo incantato.

A uno di quegli uomini così felicemente dotati da sapersi aggirare continuamente in un cerchio di magica giocondità, io rassomiglierei Jerome, lo scrittore e romanziere inglese, oggetto di questo rapido profilo.

Il suo nome per esteso è precisamente Jerome Klapka Jerome; ma quel Klapka lo oscura, più che segnalarlo. Lo chiameremo più correntemente Jerome Jerome, senza l'accento circonflesso, come, qua e là, quasi che fosse francese, l'ho visto erroneamente citare. Egli è nato nel 1859, è stato attore, maestro di scuola, giornalista, ed ha preso parte in qualità di motorista, in Francia, all'ultima guerra contro la

Germania. Questi dati della sua biografia – e non ne ha di più vistosi – ci lasciano, quanto all'uomo, nell'oscurità più completa. Come uomo egli può esser come noi e peggio di noi, più sensibile di noi alle punture di spillo di cui è larga ministra la vita quotidiana, più di noi disposto a tener maggior conto del male che del bene, più di noi tratto a rilevar più particolarmente i difetti che le virtù di quelli che lo circondano, più pronto a spremere da ciò che lo riguarda direttamente la goccia di tossico che avvelena e non la stilla di miele che addolcisce; in breve, più amareggiato e più amaro, più aduggiato e più uggioso, più triste e più funebre di quanta gente abbia vagato mai per le penose e scabrose vie del mondo. Ma come scrittore egli regge a qualunque prova per virtù ridanciane; neppure Rabelais – si badi che non faccio paragoni di grandezza – rise mai con più franca e cordiale risata.

Se questa qualità fosse dell'uomo e avesse effetto nel suo traffico quotidiano, nel cerchio vivo della conversazione, vedremmo Jerome Jerome seguito da una turba entusiasta, come nella celebre fiaba il pifferaio di Hamelin. Ma essa ha effetto nella letteratura, e la letteratura è una cosa seria: seria non soltanto per le difficoltà che impone ai suoi cultori ma per l'atteggiamento, con cui è considerata dalla maggioranza dei lettori. Sulla carta scritta e stampata vogliamo passare per gravi, sennati, pieni di profondità; e nella carta scritta e stampata adoriamo la compassatezza, la solennità, la mutria. Forse per contrasto, per un compenso alla leggerezza, all'incoerenza, alla nessuna compattezza del tessuto della vita quotidiana, forse per supplire idealmente all'inconsistenza su cui i nostri principi vacillano, le nostre credenze mal si reggono, il nostro cemento vitale non fa presa. Da questo reciproco atteggiamento di autori e di lettori, dalla smania degli autori di salir sui trampoli della solennità, e dalla ingenuità dei lettori che non distinguono i trampoli e credono che quell'altezza sia vera altezza, è discesa la strana conseguenza che incontri più larga accoglienza un libro grave (qualche volta si potrebbe dire un libro mattone) che un libro gaio; che sian sempre in tutte le letterature più onorati i piagnoni che gli umoristi. Il sorriso ha poca fortuna in letteratura.

*

* *

Forse questo non è perfettamente esatto per Jerome che, almeno in patria, ha raggiunto coi suoi volumi una diffusione enorme. Forse perchè piuttosto che all'umorismo in senso stretto egli s'è tenuto al comico, che ne è una dipendenza e ha sentieri più facili alle gambe comuni. Cominciò a segnalarsi con «The Idle Thoughts of an Idle Man» (I pigri pensieri d'un pigro), una varietà di meditazioni sui più vari soggetti e argomenti; e trovò subito la via della gran massa dei lettori con un'agilità di osservazione fantasiosa e scintillante, che non si scostava mai dal vero e lo investiva con una carica di risata scoppiettante, che sembrava provenire non tanto dall'intenzione dell'autore, ma dall'interno del soggetto. È questo l'atteggiamento generale del Jerome, il punto più in rilievo della sua arte garbata: una tranquilla gravità, una compostezza imperturbabile innanzi al ridicolo arruffio delle cose.

Poi vennero «Three Men in a Boat» (in italiano «Tre uomini in una barca») che fissarono la formula artistica del Jerome e gli diedero il modello dal quale non si dipartì più che dopo molti anni, per una crisi spirituale. Una specie di «Reisebilder» della buffoneria. Heine portava in giro un cuore ribelle, metà lirico e metà satirico, acre, mordace, violento, infiammabile ad ogni ombra di bellezza, sdegnoso a ogni contrarietà e a ogni sopruso; il Jerome non ha nient'altro che la voglia d'una tranquilla borghesissima escursione, e gli avvenimenti ne sono colorati non dall'intima disposizione dello scrittore, ma dalla forza automatica delle vicende. Parlino le cose, par ch'egli dica: io non ci sono che per il filo e la coesione; tutto il resto mi è indifferente.

La qual coesione, del resto, è mantenuta a fatica. Il Jerome salta di palo in frasca con una quasi indiscreta disinvoltura. La digressione si può dire sia la sua specialità. Tutti gli umoristi hanno questo difetto di perdersi per i sentieri appartati; ma lui l'ha come un istinto assoluto. Gli altri lasciano qua e là la strada maestra per il viottolo, ma ritornano subito in carreggiata; lui, una volta infilato il viottolo, non sa più dove andrà a cacciarsi: o, per esser più esatti, non lo sappiamo noi. Il viottolo s'incrocia con un secondo, ed ecco che si va per quello; con un terzo, un quarto e un quinto e via anche per quelli. Alla fine la strada maestra è lontana, e si dispera di ritrovarla mai più; ma il Jerome, dopo la sua scorribanda, essendo la strada maestra soltanto metaforica, ci si rimette, fingendo d'ignorare le sue divagazioni, con una faccia franca che gli osservatori delle buone regole non sanno e non possono perdonargli. Ci si rimette per continuare il giuoco, per ripeterlo indefinitamente, sconcertando il novellino, il quale, soltanto quando s'accorge che il giuoco è quello, comincia a dilettarsene immensamente, e a impensierirsi e turbarsi se qualche volta, per eccezione, si va dritto e senza incagli.

Certo il Jerome ha scritto delle novelle, dei saggi e perfino dei romanzi in cui è evidente il proposito di non dipartirsi mai dal perno centrale, e in cui lo scrittore si comporta secondo tutte le tradizioni e le convenzioni; ma bisogna confessare che è più amabile quando è più lui, quando si abbandona senza resistenza al vortice capriccioso della sua fantasia. Infatti sono i suoi lavori «Three Men in a Boat», «Three Men on the Bummel» («Tre uomini a zonzo») e «The Diary of a Pilgrimage» («Il diario d'un pellegrinaggio») che hanno dato la misura della sua arte e illuminato nella letteratura inglese, gloriosa di tanti umoristi, la figura di questo nuovo umorista.

L'argomento di questi tre lavori è si può dire unico: un viaggio. Del primo, un'escursione in barca sul Tamigi; del secondo, una scorribanda nella Foresta Nera e per le città della Germania in bicicletta, a piedi e in treno; del terzo, una gita a Oberammergau, il paese dove i contadini tedeschi, rappresentano, o rappresentavano, ogni dieci anni, la passione di Cristo. Unico l'argomento, ma son cento e mille le figurazioni e le colorazioni che s'avvicendano sotto l'occhio divertito del lettore in un ricamo bizzarro di aneddoti, l'uno più attraente dell'altro, l'uno più comico dell'altro, narrati con quella grazia e quella signorilità, che sono il segno d'un'arte delicata e sapiente.

La loro comicità non è data mai da bisticci, da doppi sensi, dalla distillazione delle parole e delle frasi, ma dall'aspetto insensato delle cose, ed esplode all'improvviso senza che il più delle volte se ne sappia indicare l'origine. A farne l'analisi per conoscerla nei suoi elementi, gli elementi sul punto d'essere identificati sfuggono. Si può credere che sia la maniera pacata della narrazione innanzi ad avvenimenti d'una certa vivacità e nervosità; si può credere che sia l'accorto riavvicinamento e la violenta pressione di due circostanze contrastanti che facciano scattare la scintilla; la finezza di certe omissioni che faccia lampeggiare al lettore come una scena di scorcio e uno sprazzo di ridicolo; il rilievo dato a certi particolari a preferenza che ad altri; la serietà, la compunzione quasi dell'autore che non si sorprende mai di nulla e racconta con perfetta indifferenza senza che sembri di mirar mai all'effetto; l'acume di certe osservazioni, tratte a sommo con destrezza dal patrimonio comune quotidiano, e sulle quali per lo più si passa distratti; che sia, infine, l'abile uso successivo o simultaneo di tutti questi mezzi che concorra alla formazione d'un organismo d'una così potente comicità. Quando s'è cercato d'arrivare al punto donde l'arte s'illumina, bisogna confessare che l'arte non si scompone, e che il meglio è goderla come si gode un profumo, senza ricorrere al chimico che lo separi nei suoi elementi e ci dica ch'è un sottoprodotto ottenuto con la distillazione dei residui dell'antracite; goderla come si gode una musica, senza bisogno di determinare il numero delle vibrazioni occorrenti allo sviluppo dell'armonia.

Analizzare uno dei suoi lavori è altrettanto difficile. È come stappare una bottiglia di sciampagna per berla il giorno dopo: la fragranza non c'è più, il frizzante è svanito... Ma forse il palato del conoscitore può ancora rintracciare le qualità fondamentali del prodotto ed esser guidato al produttore.

*

* *

Il Jerome ci narra dei suoi viaggi; ma non sono i viaggi che gl'importano – questa cura la lascia alle guide – sibbene tutto quello che li accompagna, li segue, li precede, uomini o cose, idee o fatti, o meglio, concatenazione bizzarra, e pur rigorosamente veridica, d'idee e di fatti. Vogliamo andare in Germania, nella Foresta Nera, a Oberammergau. Sì; ma la Germania può rimanere dov'è, come anche la Foresta Nera e il resto, ed egli s'indugia a discutere deliziosamente, con gli amici e i compagni, del bagaglio e delle mogli e di come trovare il pretesto di lasciarle sole, e a raccontar come le mogli – quel che si pensa... è reso! – cerchino, dal canto loro, il mezzo di ottener, senza lasciar parere, da quei sornioni di mariti, quel che da lungo tempo esse desiderano: per liberarsi un poco dalla loro continua soggezione familiare. La Germania attende sempre, e lo scrittore vaglia, con gli amici, l'idea d'un viaggio di mare, idea ch'è poi abbandonata, perchè una volta egli noleggiò un battello e s'imbattè in un capitano cui piaceva più l'aria mefitica del caffè «Catena e Ancora» di Harwich, che quella salina e salubre del libero oceano. Sempre col pretesto del vento, che, benedetto vento! non soffiava mai nella direzione giusta. Mette conto di far la conoscenza di questo capitano, con le parole del Jerome: «Quando siete pronto, capitano, – io dissi – partiremo.

Il capitano si tolse il sigaro di bocca.

– Con vostro permesso, signore, – rispose, – oggi non partiremo.

– Perchè, che c'è oggi? – osservai.

So che i marinari sono superstiziosi, e pensai che il lunedì fosse giorno infausto.

53

– Non si tratta del giorno, – rispose il capitano, – si tratta del vento, invece. Par che non voglia cambiare.

– Ma è necessario che cambi? – domandai. – A me sembra appunto quello che ci vuole, perchè soffia a corpo morto dietro di noi.

– Già, già, – disse il capitano, – morto è la parola giusta, perchè moriremmo tutti, Dio ce ne scampi e liberi, se partissimo ora. Vedete, signore, – egli spiegò in risposta al mio sguardo di sorpresa, – questo è ciò che noi chiamiamo un vento di terra, cioè, che soffia come si potrebbe dire direttamente da terra.

Riflettendoci mi parve che avesse ragione; il vento soffiava da terra. Il capitano riprese il sigaro, e io me ne ritornai a spiegare a Etelberta la ragione dell'indugio. Etelberta, che sembrava meno entusiasta di quando eravamo saliti a bordo, volle sapere perchè non si potesse partire quando il vento soffiava da terra.

– Se non soffiasse da terra, – ella disse, – soffierebbe dal mare, e ci ricaccerebbe di nuovo alla sponda. A me sembra che questo sia proprio il vento che ci occorre.

Io dissi – È la tua inesperienza, amor mio. Un vento di terra è sempre molto più pericoloso.

La sua tendenza a discutere mi dispiacque alquanto; forse mi sentivo un po' irritato; il monotono movimento di ondulazione d'un piccolo yacht all'àncora deprime uno spirito fervoroso.

– Non saprei dirtelo, – risposi, il che era vero, – ma spiegar le vele con questo vento sarebbe il colmo della temerità, ed io ti voglio troppo bene, cara, per esporti a inutili rischi.

La mattina appresso m'ero levato presto, il vento soffiava verso nord, e lo feci osservare al capitano.

– Già, già, signore, – egli notò; – è una disdetta; ma che farci?

– Non credete che sia possibile partire oggi? – arrischiai.

Non mi si mostrò adirato, soltanto si mise a ridere.

– Ecco, signore – mi disse, – se dovessimo recarci a Ipswich, l'occasione non potrebbe essere migliore; ma dovendo partire, come sapete, per la costa olandese….. mi spiego?

La mattina appresso il vento soffiava verso sud, e questo tenne in ansia il capitano, perchè muoverci o restare dove eravamo, gli sembrava egualmente pericoloso.

– Capitano, – dissi, – che cosa è mai l'oggetto ch'ho preso a nolo, un battello o un villino? se è un batello e si può muovere…..

– Muovere! – interruppe il capitano, – Datemi il vento che occorre dietro il battello....

Dissi: – Qual vento vi occorre?

Il capitano parve impacciato.

– Nel corso di questa settimana, continuai, – abbiamo avuto il vento del nord, del sud, dell'est, dell'ovest….. con variazioni. Se credete che possa soffiare da qualche altro punto della bussola, ditemelo e aspetterò. Se no, e se l'àncora non ha messo le radici in fondo al mare, è bene oggi levarla e andare in nome di Dio.

– Vedete, signore,– egli disse, – questa è una costa d'una natura particolare. Si andrebbe benissimo, se fossimo al largo; ma partirne in un guscio di noce come questo... bene, per esser franco, signore, non è facile.

Lasciai il capitano con l'assicurazione che avrebbe vegliato sul tempo come una mamma sul suo bambino addormentato. Usò lui questa similitudine, esprimendosi con una certa commozione. Lo rividi di nuovo alle dodici: egli lo vegliava dai vetri del caffè «Catena e Àncora».

Questo tipo bizzarro ne richiama altri, e incidenti capitati ad amici, e stranezze e idiosincrasie di amici, e piccole scene ricordate con un tratto che parlano con un linguaggio potente. Come questa per esempio, del fanale brevettato da bicicletta dell'amico Harris, orgoglioso di possederlo, e che esplose mandandolo in aria:

«La scossa mi mandò nel fosso, e non mi esce più di mente la faccia di tua moglie quando le dissi che non era nulla, e che non si doveva impressionare se due persone ti portavano di sopra. Il dottore sarebbe arrivato subito con un'infermiera».

Si stabilisce intanto di fare il viaggio in bicicletta. A proposito... C'era un suo vecchio conoscente che si credeva pratico di biciclette. Una domenica dovevano fare una gita insieme. Prima di partire il conoscente dà un'occhiata alla macchina del compagno. C'è qualcosa che non sta fermo. Obbedendo alla sua smania, il meccanico dilettante vuol riparare il difetto seduta stante, s'impadronisce della bicicletta, prima ne stacca la ruota, perchè, dice, traballa, e deve avere i pallini rotti, e poi...

«Prima che potessi impedirglielo egli aveva svitato qualche cosa in qualche parte, e vidi rotolare sul viale una dozzina di minuscole sfere d'acciaio. – Acchiappateli, gridava, acchiappateli! – Girammo carponi per mezz'ora e ne ritrovammo sedici. Egli disse che s'augurava che fossero tutti, perchè, se no, sarebbe stato un bel guaio per la macchina. Non v'era nulla per cui occorresse tanta attenzione nella scomposizione quanta per la cura dei pallini. Spiegò che bisognava contarli nell'atto di estrarli e badar che fossero rimessi a posto tutti. Promisi, se mai avessi scomposto la bicicletta, di far tesoro dell'avvertenza. E poi disse, che, giacchè ci si trovava, avrebbe esaminato la catena, e subito cominciò a svitare il copricatene. Provai a distogliernelo. Ma in meno di cinque minuti egli strisciava sulle mani e sui piedi cercando le viti. Disse ch'era sempre un mistero il modo come sparivano le viti».

E così di seguito, da un aneddoto all'altro, per arrivar quindi ai libri di conversazione nelle varie lingue per i viaggiatori stranieri.

«Alcuni idioti educati, che fraintendono sette lingue, par vadano scrivendo questi libri per dare a bere delle corbellerie e traviare l'Europa moderna.

– Non puoi negare, – disse Giorgio, – che questi libri hanno un gran smercio. So che si vendono a migliaia. In ogni città d'Europa vi dev'esser gente che gira parlando a questo modo.–

– Può darsi, – risposi, – ma fortunatamente nessuno li capisce. Anch'io ho visto delle persone sulle piattaforme dei tram e alle cantonate occupate a leggere ad alta voce simili libri. Nessuno sa che lingua parlino, nessuno ha la minima idea di ciò che dicono. Forse è un bene. Se fossero compresi, chi sa i pericoli ai quali sarebbero esposti».

E allora si organizza una prova: presentarsi da un cappellaio e da un calzolaio, usando le frasi del libro di conversazione per i tedeschi in Inghilterra. E la prova ha delle conseguenze che sarebbe molto lungo riferire.

E poi assistiamo, come in un intermezzo, alla corsa che fa regolarmente tutti i giorni lo zio Podger fino alla stazione per acchiappare il treno.

«Non che mio zio si alzasse tardi, ma perchè sorgevano un monte d'ostacoli all'ultimo momento. La prima cosa che egli faceva dopo colazione era di assicurarsi il giornale. S'indovinava sempre quando zio Podger aveva perduto qualche cosa, dall'espressione di atterrita indignazione con cui in simili casi egli guardava il mondo in generale. Non gli veniva mai in mente di dirsi: «Sono un vecchio trascurato. Io perdo tutto. Non so mai dove metto un oggetto. Sono incapace di ritrovarlo da me. Per questo riguardo debbo essere un vero malanno per quanti mi stanno d'attorno. Debbo mettermi di proposito a correggermi». Al contrario, per qualche suo strano metodo di ragionamento, si convinceva che quando perdeva un oggetto, la colpa non era sua, ma degli altri.

– Un minuto fa l'avevo in mano! – esclamava. Dal tono si sarebbe immaginato ch'egli fosse circondato da prestidigitatori che gli facevan sparire gli oggetti semplicemente per irritarlo.

– L'avessi lasciato nel giardino? – diceva mia zia.

– Perchè avrei dovuto lasciarlo nel giardino? Non mi occorre il giornale in giardino, mi occorre in treno.

– Guardati in tasca.

– Che Dio ti benedica! Credi che starei qui, alle nove meno cinque, se lo avessi in tasca? Mi credi uno sciocco?

A questo punto qualcuno esclamava: – E questo che è? – e tirava da qualche parte un giornale accuratamente piegato.

– Vorrei che la mia roba non la toccasse nessuno, – ringhiava mio zio, afferrando il giornale con furia selvaggia. Faceva per metterlo nella valigetta, ma poi, dandogli un'occhiata, si arrestava senza parola, con un vivo sentimento di oltraggio dipinto in viso.

– Che c'è? – chiedeva mia zia.

– È dell'altro ieri, – egli rispondeva, scagliandolo lontano.

Se qualche volta fosse stato del giorno prima ci sarebbe stata una variazione. Ma era sempre di due giorni prima; meno il martedì che era del sabato».

E quando finalmente ci affacciamo in Germania, abbiamo parlato di scuole, di collegi, del metodo Ahn per imparare il francese e dei professori francesi che insegnano la loro lingua in Inghilterra, e i quali, sembra «vengano scelti non tanto per istruire quanto per divertire gli scolari». E in Germania invece di descriverci Berlino o le altre città, ci fa assistere a piccoli episodi di vita divertente, come quello, per esempio, dell'innaffiatura stradale ad Hannover troppo lungo per essere citato tutto quanto, ma del quale è bene non perdere la conclusione:

«Ciò che avrebbe dovuto fare, ciò che chiunque avesse conservato un po' di buon senso avrebbe fatto nell'istante d'essersi impadronito della pompa, sarebbe stato di chiudere il getto. Allora avrebbe potuto cominciare una partita a calci con lo spazzino o a qualunque altro giuoco gli fosse piaciuto; e le venti o trenta persone che s'erano precipitate ad assistere allo spettacolo non avrebbero che applaudito. La sua idea, era di togliere allo spazzino la pompa e di voltarla, per punizione, contro di lui. Pare che l'idea dello spazzino fosse la stessa, cioè di tenersi la pompa come un'arma con cui inaffiare Enrico. E, naturalmente, la conseguenza fu che, fra loro due, inaffiarono ogni cosa morta e viva, tranne sè stessi, nel raggio di cinquanta metri. Un passante infuriato, che grondava acqua, saltò nell'arena e diede anche lui una mano. Fra tutti e tre, con la pompa, si misero a spazzare tutto lo spazio intorno. La diressero al cielo, e l'acqua discese sulle persone in forma di una tempesta equinoziale. La puntarono verso terra e l'acqua scorse in rapidi rivi che fecer saltar tutti cogliendoli alla cintura o anche più su.

Nessuno dei tre voleva lasciar la pompa; nessuno dei tre pensò a chiudere il getto. Si sarebbe potuto concludere che lottassero con qualche forza primeva della natura. In quarantacinque secondi, così disse Giorgio che aveva il cronometro alla mano, avevano sgombrato l'arena d'ogni anima vivente, ad eccezione d'un cane, il quale gocciolando come una ninfa acquatica, era travolto dall'impeto della corrente ora da un lato ora dall'altro, mentre continuava valorosamente a tentar di levarsi ritto per abbaiare tutta la sua resistenza contro ciò che evidentemente riteneva le potenze dell'inferno scatenate.

Tutti i ciclisti gettarono le loro macchine a terra e presero a fuggire per il bosco. Di dietro ogni albero di qualche importanza facevano capolino facce grondanti e irose…..»

Oppure Jerome descriverà il letto tedesco, della cui originalità ci dà un quadro divertentissimo.

«Il viaggiatore stufo di tutto, che va tutte le sere a riposare nello stesso letto del vecchio tipo, si sottopone, tentando di dormire la prima volta in un letto tedesco, a una prova piacevolmente piccante. A prima vista non riconosce il letto. Crede che qualcuno sia andato in giro per la stanza raccogliendo tutti i sacchi, i guanciali, i poggiacapo delle poltrone, tutti gli oggetti che gli sono capitati sotto le mani, e li abbia ammucchiati in una specie di madia per poi, portarseli via. Allora il viaggiatore chiama la cameriera e le spiega ch'essa lo ha condotto in un'altra stanza e non in una camera da letto.

Ella dice: – La camera da letto è questa.

Egli dice: – E dov'è il letto?

– Ecco, – ella dice, indicando quella specie di cassa dove sono ammucchiati quei sacchi e quei guanciali.

Il viaggiatore rimane molto sorpreso. Quello gli sembra il letto che si farebbe chi rincasasse da una orgia.

– Benissimo, – dice, – portatemi un guanciale, e proverò a dormirci.

La cameriera spiega che vi sono già due guanciali sul letto, indicando due cuscini piatti d'un metro di lato messi l'uno sull'altro all'estremità di tutta la miscela.

– Io ho bisogno di qualche cosa su cui poggiare il capo, non d'una roba che m'abbracci la schiena. Non pretenderete ch'io mi metta a dormire su quel coso lì.

Ma la ragazza ha altro da fare che star tutta la notte in piedi a chiacchierar del letto con lui.

– Bene, allora, mostratemi come debbo fare.

Ella gli spiega il segreto, e se ne va; e lui si spoglia ed entra.

I guanciali gli dànno un gran da fare. Non sa dove sedersi o poggiarvi semplicemente il capo. Per sincerarsene, picchia col cranio contro la spalletta superiore. A questo esclama: – Ahi! e va a finire in fondo al letto. Qui tutte le dieci dita dei piedi vengono simultaneamente in aspro contatto col fondo della lettiera.

Nulla irrita più una persona che un colpo alle dita dei piedi, specialmente se sa che non ha fatto nulla per meritarselo. Il viaggiatore grida: maledizione! questa volta, e contrae spasmodicamente le gambe, dando così con le ginocchia un colpo violento contro l'asse laterale. Si tenga presente che la lettiera tedesca ha la figura d'una scatola aperta, e che così la vittima è completamente circondata da solidi pezzi di legno a spigoli aguzzi. Non so che qualità di legno vi s'impieghi: certo è terribilmente duro e risponde con una curiosa nota musicale al vivo urto d'un osso.

Dopo ciò, egli se ne rimane perfettamente quieto, domandandosi dove picchierà la prossima volta. Ma vedendo che non accade nulla, comincia a sentirsi fiducioso, e s'avventura a tastar pian piano con la gamba sinistra, per darsi ragione della positura in cui si trova.

In quanto a coltri non ha che una coperta sottilissima e un lenzuolo, e sotto di essi sente decisamente freddo. Il letto è abbastanza caldo fin dove arriva, ma non ce n'è abbastanza. Se lo tira intorno al mento, e i piedi cominciano a intirizzirgli; lo spinge oltre i piedi, e tutta la parte superiore della persona agghiada.

Tenta di appallottarsi, perchè tutta la persona rimanga coperta, ma non ci riesce: qualche cosa rimane sempre fuori, al fresco. Rimpiange di non essere stato allevato contorsionista, perchè se potesse avvinghiarsi le gambe al collo e ficcar la testa sotto l'ascella, starebbe bene.

Forse è una sciocchezza fra tante afflizioni reali turbarsi per una semplice considerazione estetica; ma mentre se ne sta lì supino a guardarsi, lo spettacolo di sè stesso gli fa veramente uggia. Quel letto rigonfio, che gli grava sull'addome, gli dà l'aspetto d'un ammalato con un mostruoso tumore, o piuttosto d'una rana enormemente gonfia, caduta per disgrazia sul dorso, e che non riesce più a raddrizzarsi.

Un'altra molestia con la quale ha da lottare è la seguente: che ogni volta che muove una gamba o un braccio, o che respira un po' forte, il letto, ch'è di piume, precipita là sul pavimento. Per la forma a scatola del letto tedesco, egli non può allungarsi per raccoglier ciò che cade in terra: bisogna quindi che lo rincorra e scenda e salga sul letto scorticandosi tutte le volte gli stinchi contro gli spigoli.

Compiute delle imprese simili per una diecina di volte, si conclude che è una vera pazzia creder di poter dominare in così poco tempo una macchina complicata di quella specie. Ci vuol un uomo di grande esperienza, che metta in atto tutta la sua saggezza per dormirci dentro. Non c'è da far altro che uscirne, e accamparsi sul pavimento.»

O ci dirà dell'ordine meticoloso dei tedeschi in tutte le loro cose, con tutte le limitazioni dei regolamenti di polizia, come per esempio il divieto di camminar sull'erba.

«In Germania la maggior parte delle colpe e delle follie umane significano relativamente nulla di fronte all'enormità di camminare sull'erba. L'erba in Germania è una specie di feticcio. Posare un piede sull'erba tedesca sarebbe un sacrilegio più grande che mettersi a vangare su un tappeto musulmano destinato alla preghiera. Persino i cani rispettano l'erba tedesca: nessuno dei cani tedeschi si sognerebbe d'allungarvi mai neppure una zampa. Se vedete un cane scorrazzare sull'erba in Germania, potete sicuramente conchiudere che è il cane di qualche straniero sconsacrato. In Inghilterra, quando vogliamo allontanare i cani, mettiamo una rete di fil di ferro, alta sei piedi, sorretta da pilastri, e difesa superiormente da una fila di lance aguzze. In Germania s'inchioda un cartello nel bel mezzo della località: «Hunden verboten», e un cane che ha sangue tedesco nelle vene guarda li cartello e s'allontana. In un parco tedesco vidi un giardiniere andare delicatamente calzato di scarpe di feltro su un praticello, e rimuovere uno scarabeo per metterlo gravemente se non fermamente sulla ghiaia: e dopo rimase lì curvo a vigilare austeramente lo scarabeo perchè non provasse a ritornare sull'erba; e lo scarabeo, pieno di confusione, s'avviò in fretta giù per il rigagnolo e infilò il viale col cartello Ausgang (uscita).»

*

* *

E così di volta in volta, da un soggetto all'altro, con una libertà di movimenti, con una leggerezza di tocco, una curiosità penetrante che sa insinuarsi in tutto e farne scintillare tutta la gaiezza nascosta.

Una delle qualità più cospicue dello stile del Jerome è una concisione quasi spartana. Quel flusso di parole, quelle gocce d'acqua che si gonfiano a bolle iridiscenti, e che formano il fondo di tanti libri, egli non le ha. Si potrebbe dire che il suo periodo sia una foglia scarnita, di cui rimane soltanto la nervatura, con così rigoroso proposito evita quelli che si chiamano abbellimenti letterari.

È noto quell'uso, che fa sorridere noi latini, dei direttori di giornali e di riviste inglesi, d'imporre ai loro collaboratori un certo numero di parole per ogni argomento: cinquecento parole, mille. Sembra che il Jerome s'imponga volontariamente un numero di parole che non oltrepassa mai. Quello che forma l'orgoglio di molti scrittori, l'accendere agli occhi dei lettori abbagliati una gran macchina protecnica, in cui tutti i colori vengono sfoggiati e con una successione e una molteplicità prodigiose, lo lascia indifferente e scettico. Glien'è venuto quindi un orrore dello sforzo verbale, con gran vantaggio della semplicità e della diretta rappresentazione dell'idea. Egli scrive col minimo di colore e di sfumature, mirando soltanto alla semplice ossatura del periodo. È l'autore che scrive con meno epiteti, e a noi, un po' amici del paludamento e delle vivaci colorazioni, il suo stile ci appare troppo secco e adusto: una semplice punta aguzza, senza neppure il manico istoriato, la quale si limita a incidere il nudo contorno delle cose. Sembra che lo scrittore si contenti di buttar giù alcune note da servirgli per un'elaborazione futura. O sembra che si sia detto: – I miei colleghi in letteratura annebbiano il mondo di chiacchere; io voglio provar se mi riesce di dir qualcosa che abbia valore soltanto per sè, senza quei lustrini, quella porporina, quelle vernici alle quali ricorre la maggior parte.

Riporto una scena familiare, di cui lo zio Podger è l'attore principale: La linea è appena calcata per il rilievo, ed è fedele al vero in tutti i suoi tratti.

«In vita nostra, – scrive il Jerome, – non vedeste mai un trambusto simile a quello che avveniva in casa di mio zio Podger, quand'egli si accingeva a fare qualche cosa. Un quadro, per esempio, era tornato dal fabbricante di cornici, e stava poggiato contro una parete della sala da pranzo, in attesa d'esservi inchiodato. La zia chiedeva che cosa si dovesse farne, e lo zio rispondeva:

– Lascia fare a me. Tu non t'impicciare, Nessuno di voi s'impicci dei fatti miei. Ci penso io.

E allora si cavava la giacca e cominciava. Mandava fuori la fantesca a comprare una lira di chiodi, e poi uno dei ragazzi che la raggiungesse per dirle di che dimensioni dovevano essere, e, dopo di ciò, cominciava gradatamente a mettere in ballo tutta la casa.

– Ora va a pigliarmi il martello, Guglielmo, – gridava, – e tu, Maso, portami la squadra, e mi occorre la scala a piuoli, e poi anche una sedia di cucina, e tu, Giacomino, corri dal signor Goggles e digli: «tanti saluti da parte di papà, che spera vi sentiate meglio con le gambe e vi chiede in prestito il livello a spirito». E tu, Maria, non andartene. Qui mi ci vuole qualcuno che mi tenga la candela; e quando ritorna la donna, bisogna che esca ancora a comprare un pezzo di cordone; e... Maso! dove s'è cacciato Maso?... Maso vieni qui, dà qui quel quadro!

E allora, pigliando nelle mani il quadro, lo lasciava cadere e uscire dalla cornice, e, per cercar di salvare il vetro, si tagliava; e allora si metteva a saltar per la stanza cercando il fazzoletto, il quale era nella giacca che s'era tolta; e non trovava la giacca, e tutta la casa doveva abbandonare la ricerca degli strumenti per mettersi alla caccia della giacca, mentre lui continuava a ballare e impediva che gli altri si movessero.

– In tutta la casa non c'è nessuno che sappia dov'è la mia giacca! Parola, che non ho visti mai dei poltroni simili... mai. Siete in sei, e non siete capaci di trovare una giacca che avevo addosso cinque minuti fa.

Allora s'alzava, e vedendo che s'era seduto sulla giacca, gridava:

– Lasciate stare: l'ho trovata da me.

E, dopo aver messo mezz'ora a legarsi il dito e a incastrare un vetro nuovo, e gli strumenti, la scala, la sedia, la candela, tutto era pronto, cominciava la seconda scena, e tutta la famiglia, compresa la persona di servizio e la fantesca a giornata, si piantava lì in semicerchio a dargli una mano. Due persone dovevano tenergli la sedia, una terza aiutarlo a montare e continuare a sorreggerlo, e una quarta dargli un chiodo e una quinta passargli il martello; e lui pigliava il chiodo e lo lasciava cadere.

– Ecco, – diceva in tono d'offesa, – è caduto il chiodo.

Tutti dovevano inginocchiarsi a cercarlo, mentr'egli se ne stava ritto sulla sedia, brontolando e domandando se doveva star lì tutta la sera.

Il chiodo era finalmente trovato, ma in quel momento egli aveva perduto il martello.

– Dov'è il martello? Che n'ho fatto del martello? Santo Dio! Siete in sette, e non sapete dov'ho messo il martello!».

Sul comune e sul trito si passa come su categorie note e arcinote, e invece rivelano ai più acuti linee insospettate di bellezza.

Sceverarne quel che a tutti potrebbe esser chiaro, e pure non è ben noto, presentarci illuminate le nostre sensazioni, da noi confusamente avvertite e distinte, prospettarcele su uno schermo bianco, in modo che ce ne appaia chiaro il congegno e le molle nascoste che lo fanno scattare, è arte di gran valore a cui arriva soltanto la finezza d'un intelletto delicato.

Naturalmente, nei miei esempi, giacchè tutte le traduzioni sono tradimenti, molta parte dell'efficacia originale va perduta: manca la parola precisa dell'autore, l'aderenza perfetta della frase all'idea. Ma nulla è più gustoso che assaporare questi quadretti nella loro lingua originale: l'impeto della loro forza comica è irresistibile.

Vediamo come si rompe una scatola di frutta conservate, quando non si ha a disposizione il coltello adatto.

«Noi siamo appassionati per gli ananassi tutti e tre. Guardammo l'immagine dell'ananasso dipinta sulla scatola e con l'acquolina in bocca ci sorridemmo a vicenda. Enrico si preparò col cucchiaio.

Cercammo il coltello per aprire la scatola. Frugammo da per tutto nel paniere. Mettemmo sossopra le valige. Sollevammo le tavole del fondo della barca. Rovesciammo ogni oggetto sulla sponda scrollandolo. Il coltello per incidere il coperchio della scatola non si trovò.

Allora Enrico provò ad aprirla con un temperino; ma ne ruppe la lama e si ferì; Giorgio tentò con un paio di forbici, ma le forbici gli sfuggirono, e mancò poco non gli cavassero un occhio. Mentre essi si medicavano le ferite, provai a fare un buco nel barattolo con la punta della gaffa, ma la gaffa mi scivolò di mano, sbalzandomi fra la barca e la sponda in due piedi d'acqua melmosa, e facendo rotolare la scatola che andò a fracassare una tazza.

C'infuriammo tutti. Portammo la scatola sulla sponda, ed Enrico corse in un campo a pigliare un sasso aguzzo, e io tornai nella barca a estrarne l'albero: Giorgio teneva la scatola, Enrico teneva la punta del sasso sul coperchio, e io sollevai l'albero, lo librai in aria, e con tutta la forza di cui ero capace, assestai il colpo.

Fu il cappello di paglia che quel giorno salvò la vita a Giorgio. Quel cappello egli lo conserva ancora (quanto ne rimase) e le sere d'inverno quando gli amici raccolti a fumare e a bere raccontano delle panzane intorno ai loro cimenti, Giorgio lo va a pigliare e gli fa fare il giro di tutte le mani, narrando un'altra volta l'avventura, sempre con nuove esagerazioni.

Enrico se la cavò con una semplice ammaccatura.

Dopo di ciò, presi io la scatola e picchiai con l'albero finchè non fui stanco a morte, e poi fu il turno d'Enrico.

La picchiammo da farla diventar piatta; la picchiammo da farla diventar quadra, la picchiammo da ridurla in tutte le forme note in geometria, senza riuscire a bucarla. Poi ci si provò Giorgio, e la ridusse in una forma così strana, così spettrale, così assurda nella sua selvaggia laidezza, che se ne spaventò e gettò via l'albero. Ci sedemmo tutti e tre sull'erba a contemplarla.

V'era una grande intaccatura sul coperchio che aveva l'aspetto d'un sorriso beffardo, e fu quello che c'inferocì. Enrico si precipitò sul barattolo e lo scaraventò nel fiume».

Come nei romanzi di Dickens, in cui le figurazioni dei personaggi, tanto più solidi della tela su cui son tracciate, possono esser trasferite quasi senza alcun danno dall'uno all'altro, le avventure narrate dal Jerome, che poi son semplicemente le avventure del suo spirito, potrebbero essere trasferite indifferentemente nell'uno o nell'altro suo lavoro. Esse hanno valore in sè e per sè e non per l'argomento al quale si riferiscono. Perciò la costruzione bizzarra dei suoi libri, ai quali si potrebbero aggiungere o togliere nuove ali senza nuocer a tutto il disegno prospettico, senza snervarne le parti singole che contano più sulla loro grazia particolare che sulla dipendenza, la rispondenza e la coordinazione dell'insieme. La fantastica costruzione del Tristram Shandy di Lorenzo Sterne è un modello di architettura ordinatissima in confronto di quella seguita da questo sovvertitore d'ogni norma e d'ogni stile. Il lettore comune può indignarsene; ma egli non sospetta neppure lo sdegno, e se lo sospetta, ha l'aria di riderne immensamente divertito. Credete ch'io attribuisca qualche valore a questa roba, par che dica, credete ch'io voglia cacciar di nido i vostri autori prediletti o che abbia la presunzione di riformare la letteratura inglese? Non vedete che non scrivo una frase che abbia la pretesa dare a spasso per le antologie?

Così non c'è che da pigliarlo com'è e senza chiedergli quel che non vuole o non sa darci, goder che tutta la sua vivezza, tutta la sua arguzia, tutta la sua faceta penetrazione.

*

* *

Ma pur nella sua spensieratezza, in quel suo deciso atteggiamento di giullare che fa tintinnare continuamente i campanellini della follia, vive, vigila e trema un senso acuto del patos mondiale. Non sarebbe un umorista. Una corrente occulta di pensiero affannoso circola, come linfa sotterranea, per tutte le vene della sua costruzione letteraria, e affiora qua e là, lasciando una traccia come di lagrime. È proposito dell'autore di rimanere sempre impassibile. Ma chi ben noti, può a volte osservargli un tremito nei muscoli delle labbra, che è tanto più penoso quanto è più contenuto, e ora e poi un improvviso luccichio negli occhi. Ridiamo, ridiamo; ma qualche volta non è possibile ridere, ma qualche volta il mondo si avvolge d'una nera nuvolaglia che ci oscura l'anima. Allora lo scrittore ha la sensazione d'essere un fanciullo smarrito fra tanti altri fanciulli smarriti e unisce il suo pianto a quello di tutti gli altri. Ha perso la persuasione della superiorità del suo riso, ch'è una povera arma impotente come tutte le altre a distruggere il dolore del mondo e a incidervi una parola di salvazione e di gioia.

Più che nei frammenti di pensosa saggezza che adornano qua e là le prode fantasiose delle sue grottesche follie, questo atteggiamento del Jerome è evidente nel suo ultimo romanzo: «Tutte le vie menano al Calvario» che si attacca direttamente alla tradizione dell'umorismo in senso largo e all'ispirazione essenzialmente cristiana dei romanzi del Dickens. Siamo lontano dall'allegro pellegrino che vagava per le città d'Europa in cerca di aneddoti da divertir le brigate: dello scrittore d'una volta non è rimasto che il semplice apparato esterno: uno stile secco semplice, lineare; la parola sobria, la concisione lapidaria: quell'ampia vena burlesca che mormorava e strepitava in cascatelle sonore e spruzzava intorno zampilli di fresche risate s'è inabissata chi sa dove, travolta da un cataclisma che ha sommerso più che rivi e rivoletti dello stesso genere e più che semplici manifestazioni letterarie.

Il mondo era per il Jerome una specie di lanterna magica di figurine comiche e per comprenderlo e ritrarlo bastava avvicendarle in modo da cavarne degli effetti divertenti; ma a un tratto egli si trova innanzi a esseri mossi da molle più profonde, da passioni più forti, da apparati muscolari più complicati di quelli ai quali risponde la nota argentina d'una risata. Partito da una concezione quasi idillica della vita, egli, innanzi alla furia devastatrice di tutti i più pazzi istinti scatenati, alla quale ha assistito tremante e dolorante, deve in qualche modo rifarsi da capo per ritrovare il filo che lo riconduca all'intelligenza del mondo.

Ed ecco la sua nuova incarnazione, ed ecco «Tutte le vie menano al Calvario» che vuol additare la parola della salvezza. Con Giovanna Allways, che ne è la protagonista, noi esploriamo ogni sentiero, picchiamo a tutte le porte, stiamo in ascolto di tutte le teorie. Ma la politica non ci salverà. Da ogni parte riformatori che non sanno riformarsi, credenti nella universale fratellanza che odiano mezzo mondo, denunciatori della tirannia che domandano la forca per i loro avversari, assetati di sangue che predicano la pace, moralisti che giustificano ogni torto con la ragione del fine, molti, sordi a ogni appello di pietà, che predicano giustizia. Lo spirito brancola cieco in un bailamme di voci tumultuose. La salvezza è soltanto in noi. Ci dobbiamo aggrappare – dice il Jerome – unicamente alla vita che possiamo ordinare da noi: quella entro di noi. La verità, la giustizia, la pietà. Queste sono le cose solide, le cose eterne, le cose alle quali dobbiamo sacrificarci e che dobbiamo servir col corpo e con l'anima.

E non teniamo in gran conto il cervello. Il cervello non è tutto.

«Alcuni dei peggiori malfattori che il mondo abbia mai maledetti, uomini e donne, avevano abbastanza cervello. Noi facciamo troppo chiasso intorno al cervello, appunto come un tempo si esaltava la forza bruta, pensando che fosse tutto quello che ci voleva per formare il grand'uomo. Il cervello è soltanto muscolo tradotto in civiltà».

E civiltà non significa umanità. Umanità significa ascoltare la voce di Dio.

Instancabile a traverso i secoli, la voce di Dio ha risonato intorno all'uomo, cercando di penetrarlo. Per la lunga tenebra degl'inizi, quando l'uomo non sapeva altra legge che la propria, la voce ha parlato; finchè qualcuno, qua e là, emergendo dalla bestia, l'ha udita... ha ascoltata la voce dell'amore e della pietà, e in quell'ora, senza saperlo, ha eretto a Dio un tempio nel deserto.

Ancora innominati, sparsi, sconosciuti gli uni agli altri, ancora impotenti contro la legge dell'odio, i lavoratori che lavorano con Dio debbono crescere e moltiplicarsi, finchè un giorno parleranno con la sua stessa voce e saranno uditi. E un nuovo mondo sarà creato.

Dio: l'instancabile spirito dell'eterna creazione, lo spirito dell'amore. Che altro mai ha formato dall'informe le sfere, ha foggiato le orbite dei soli? Noi la chiamiamo la legge della gravità. È un altro nome dell'amore, il desiderio del simile per il simile, la voce con cui si rispondono le stelle. Soltanto l'amore ha fatto i mondi, raccolte insieme le acque, rappresa la terra asciutta. Noi lo spieghiamo come la coesione degli elementi: la fusione del simile col simile, la fratellanza degli atomi.

Rimane il maggior compito: l'universo dello spirito, dell'anima. Dall'uomo si deve creare: dai fratelli lavoratori, che debbono lavorare insieme, che insieme debbono fabbricarlo. Fuor della discordia e della lotta insensata, al di sopra del caos e del tumulto, si deve udire il nuovo precetto: lasciate che regni l'amore.

Sì, Jerome, il più gaio degli ultimi umoristi, ci si presenta inaspettatamente sotto la veste del riformatore religioso. E nulla di più sincero del suo atteggiamento, e nulla di più umano del suo principio ispiratore, ch'è di odio per la politica e di amore esclusivo per i grandi principi morali.

«La politica non riformerà mai il mondo. Essa si rivolge solo alle passioni e agli odi degli uomini. Essa ci divide. È l'arte che deve incivilire l'umanità a allargare le sue simpatie. L'arte le parla il linguaggio comune dei suoi amori, dei suoi sogni e le rivela la parentela universale».

Ho detto ci si presenta inaspettatamente sotto la veste del riformatore religioso; ma forse con qualche precipitazione. A ben cercare nei suoi lavori precedenti, certo misticismo, certo senso profondo del divino, che non è soltanto il raccoglimento casuale dell'umorista, è facilmente da rintracciare. Basterebbe a convincerne, una volta per tutte, l'inno ch'egli eleva al silenzio nella cattedrale di Colonia, che suona come una magnifica sinfonia ed è un sublime volo nelle regioni superiori dello spirito.

Certo al nuovo Jerome, noi preferiamo il vecchio. I lettori sono come gl'innamorati cui turba un mutamento improvviso nelle forme da lungo tempo vagheggiate. La donna che cambia spesso la sua acconciatura – è un tratto di psicologia di cui il mondo femminile non tien sempre conto – non riesce, il più delle volte, che a intepidire l'ardore del suo cavaliere. La novità improvvisa sconvolge il sogno, che dura fatica ad adattarsi alla nuova immagine.

Lo stesso è il caso d'un autore, al quale sono consentiti, sì, mutamenti, ma lievissimi, tali che non turbino la linea con la quale riuscì a conquistare l'ammirazione dei lettori. Il giorno ch'egli esce dal cerchio segnato dai suoi primi sforzi, anche per nobili prove, corre il rischio di perdere tutti i suoi vecchi devoti, senza la sicurezza di farsene dei nuovi.

Noi amiamo il vecchio Jerome, che non si affannava a ricostruire il mondo, ma l'accettava come lo trovava, estraendone tutta la gioia che ne poteva estrarre. Egli aveva lasciato ad altri, poeti, pensatori, filosofi, la cura della costruzione della città ideale, e ci sembrava più saggio. Senza rinunziare all'esaltazione degli sforzi sulla via d'una umanità rinnovellata, sentivamo, in certe ore di stanchezza, dopo la fatica e la tensione dei nervi, una specie di fidata compagnia in questo scettico bonario che nell'aspra selva del mondo riusciva sempre a trovar per noi un cantuccio radioso di sole e sonoro di allegre risate.

Non ci dispiace la sua filosofia; ci dispiace la sua veste di filosofo, che gli fa perdere le qualità per cui lo abbiamo amato. La sua filosofia ci piace d'incontrarla spezzettata nelle sue osservazioni argute, di vederla brillare qua e là nell'impasto della sua materia artistica, e accendersi con un balenio di faville nella sua fucina d'artefice.

Sappiamo ch'egli è filosofo come quel gatto di cui ci ha tratteggiato lo schizzo:

«Lo spirito filosofico – osserva lo scrittore in qualche parte – non dipende affatto dalle circostanze. Voi potete cacciare il filosofo dovunque, e ci si trova bene, perchè porta con sè il fardelletto della sua filosofia. Potete improvvisamente nominarlo imperatore o condannarlo alla galera a vita. Egli continua a esser filosofo, come se nulla fosse. Noi abbiamo in casa un vecchio gatto. I bambini lo sottopongono a terribili prove. Sembra ch'esso non se ne avveda. Lo chiudono nel pianoforte, con l'idea che strepiterà e spaventerà qualcuno. Esso non si muove e si mette a dormire. Quando un'ora dopo qualcuno apre il pianoforte, il poverino è steso a mo' di sfinge sulla tastiera a ronfare. Lo vestono con gli abiti della bambola e lo portano a spasso nella carrozzina: esso se ne sta perfettamente soddisfatto guardando il paesaggio in giro e beandosi d'una boccata d'aria fresca. Lo tirano per la coda. Si crederebbe, a vederlo abbassare su e giù pian piano la testa, che sia grato ai bambini che gli danno quella sensazione nuova. Par che giudichi tutto ciò che gli avviene di sopportare come una prova utile. Nello scorso inverno lasciò una gamba in una trappola: ora va in giro tranquillamente su tre. Anzi sembra contento di averne perduta una: si risparmia la seccatura di leccarsela e pettinarsela. Ebbene quel gatto è il vero filosofo: non bada a ciò che gli accade, ed è parimenti soddisfatto se nulla gli accade».

È questo il Jerome che ci ha attratti. Soddisfatto di tutto, scontento di nulla: sereno sempre, spesso burlone, deliberato a non vedere indizi di doglia e a non vivere che l'ora rosea della gioia. E se egli un giorno pensa di mutar stile e si presenta nei panni dell'eroe del dramma serio, noi continueremo, nonostante la bellezza della sua nuova manifestazione, a cercare l'irresistibile brillante che faceva sbellicare la platea e il loggione, continueremo ad applaudire l'autore dei «Tre uomini in una barca» e dei «Tre uomini a zonzo».

Jerome Klapka Jerome è nato nel 1859 a Bucks, presso Londra, da un ministro non conformista che coltivava da sè i suoi terreni. Il giovane Jerome uscì maestro dalla scuola filologica di Marylebone; ma dopo qualche anno d'insegnamento s'impiegò presso degli uffici commerciali, per quindi fare l'attore e infine darsi esclusivamente al giornalismo. Intanto aveva sposato la figlia d'un ufficiale dell'esercito spagnolo.

1886-1893. Il suo primo lavoro fu per il teatro: «Barbara», che ebbe molto successo e fu rappresentato al Globe di Londra. Seguirono molti altri e fra essi «The Passing of the Third Floor Back», che è ancora ricordato come la migliore creazione dell'attore Forbes Robertson.Il suo primo volume, una raccolta di viaggi scelti dai migliori pubblicati nelle riviste e nei giornali, fu «Idle Thoughts of an Idle Fellow», che stabilì la sua riputazione d'umorista. Ebbe in Inghilterra centotrentadue edizioni. Seguì «The second Thoughts of an Idle Fellow».

1895-1900. Pubblicazione di «Three Men in a Boat», uno dei migliori lavori usciti dalla sua penna, e quello che gli diede la vera celebrità; di «A Diary of a Pilgrimage», di «Novel Notes», di «Sketches in Lavender, Blue and Green», di «Three Men on the Bummel». Dal 1892 al 1897 fu condirettore con Robert Barr dell'«Idler», mentre nello stesso tempo, dirigeva il «Today,» l'uno rivista mensile, l'altro settimanale, e viaggiava molto, specialmente in Germania e nel Belgio.

1902-1909. Pubblicazione del romanzo «Paul Kelver». In una lettera riportata recentemente del «John o' London», settimanale londinese, Jerome affermava di ritenere «Paul Kelver» il suo libro migliore. Seguivano: «Tommy and Co», Idle Ideas in 1905 (volume scritto nello stesso spirito di «Idle Thoughts» and «Second Thoughts»); «The

Angel and the Author», «They and I» questi due ultimi lavori più simili a «Thre Men in a Boat» e «Three Men on the Bummel».

1910-1918. Periodo di quasi assoluto riposo fino al 1914. Da quest'anno fino alla fine della guerra, il Jerome servì come volontario in Francia in qualità d'automobilista nell'ambulanza.

1919-1923. Il romanzo «All Roads lead to Calvary», segna la crisi spirituale dell'autore, travolta dallo sconvolgimento generale, e rinnovato da larghe visioni umane. Nell'«Anthony John», altro romanzo in forma autobiografica, il Jerome s'afferma quasi in senso tolstoiano nella predicazione della rinuncia.